毎日の暮らしが深くなる

季語と俳句

岸本葉子

笠間書院

はじめに

LINEを含むSNSで、短い言葉のやりとりに慣れている。俳句は五七五だからとっつきやすい。そう期待して近づいてみたけど、なんだか勝手が違うみたい……と早くも心が離れつつあるかたに伝えたい。

五七五の使い勝手をよくするのが、季語だ。季語が入っていると五七五の伝達力は格段に上がる。次の言い方もできるだろう。とても短い五七五は、多様なものの詰まった圧縮ファイルのようなもの、解凍のためのパスワードにあたるのが季語であると。季語によって五七五から、豊かな内容がふくらみ、広がる。

季語といわれると、ますます遠い感じがするかもしれない。古文の和歌に出てきたような、散る花にあわれをおぼえ吹く風に驚くほど、繊細ではないし暇でもないしと。私も高校の授業で習ったときは正直「貴族ってどれだけ時間があったのか」「生活の心配はない人たちだな」と思った。

　俳句の季語には、ふつうの人の暮らしの中で実感を持てるものが多くある。古文で出てきた季節の事物は、俳句の季語のほんの一部だ。季語のジャンルは次の七つに大別される。時候、天文、地理、生活、行事、動物、植物。生活の季語は例えば「朝寝」（春）、「夏痩《なつやせ》」（夏）、「夜食」（秋）、「煤掃《すすはき》」（冬）。「煤掃」とは年末の大掃除のことで、大掃除をサボって家を抜け出すことまで「煤逃《すすにげ》」という季語になっている。

　江戸時代に始まったといわれる俳句。インターネットも冷蔵庫も、電気すらない時代の暮らしは、今の私たちからは想像もつかないが、詠まれた五七五には意外と共感できるものが、これまた多くあるのだ。

今日までの日は今日捨てて初桜

　こんなフレーズに出会ったら、桜が咲きはじめた広い空を目に浮かべ「私も嫌なこと、つらかったことはみんな忘れて、今日から前へ進もう」という気分になれるのでは（この五七五の出どころは、本文の「花」の項で）。生活のジャンルの季語に限らない。解凍の仕方に慣れれば、伝統的すぎて古い印象のあった季語まで、新鮮さを取り戻せる。

旧暦と新暦のズレは、実感の妨げになり得る。私も最初はとまどった。二月上旬はたいていまだ冬の寒さだ。暦の上では春といわれても、リアリティがない。

それでも仕事先の建物を出てふと、「前は夕方のこの時間だともう真っ暗だった。日は確かに長くなっている」と気づく。「日《ひ》永《なが》」という季語が、春にあるのを思い出す。旧暦というもうひとつのカレンダーを自分の内に持つことで、単調に過ぎてしまいがちな日々にバリエーションがつく。画像に喩《たと》えれば、モノトーンの暮らしに、彩色が施され、奥行きが出る。

季語と俳句に親しむことで、毎日の暮らしが深くなることを願っている。

二〇二四年春　岸本葉子

＊本文中の句の表記は、おもに『角川俳句大歳時記』（角川書店）を参考にしています。

もくじ

もくじ

column

新年

春着

鏡餅

小《こ》正《しょう》月《がつ》

お正月は一年でもっとも大きなイベント。俳句の季語を集めた歳時記は、春の巻、夏の巻というように季節ごとにまとまっているが、春、夏、秋、冬と別に「新年」で一巻をなすくらい、この時期ならではの風物は多い。初日の出、雑煮、屠《と》蘇《そ》、賀状など、この時期目にするほとんどが季語となっているといえるほどだ。新年初めて電話で話す「初電話」なんて季語もある。もちろん江戸時代の俳句にはなく、電話が普及してからの季語。初メールも、そのうち季語になるのかもしれない。

そうしたおめでたいイベントが一段落したところで「小正月」というものがあるのをご存じだろうか。これも新年の季語になっている。歳時記の説明によると元日を「大正月」と呼び、一月十五日を中心に祝う正月を「小正月」と呼ぶ。正月の間かけてあった松飾りを、この日に外すところも多いという。

私の住む関東では、七日前後に外すのが一般的。関西では小正月の頃に外すそうだ。「松取る」は季語になっているが、俳句をしない親たちも、新年になって用事のタイミングを相談するとき「松が取れてからにしましょう」という言い方をよくしていた。

松飾りを外すと家の中がさっぱりして、物足りないようでもあり、軽々した感じもある。街中も同様だ。

松とりて世ごころ楽し小正月

几《き》董《とう》

「世ごころ」はふだん使わない言葉で、辞書で調べると、世俗のことを解する心、特に男女の情を解する心とあった。ここは男女の情と狭くせず、広く世俗の情ととらえるのが合っていそう。

正月明けに街へ出たとき、こんな気分がしないだろうか。シャッターに張ってあった「賀正　新年は×日から営業します」という紙もなくなり、人も車も荷さばきの台車も忙しく行き交っている。仕事始めはたいてい四日なので、すでに始動しているのだが、松が取れるとほんとうに正月気分が一掃され、常の日々に戻ったことを実感する。

「休みも終わって、ルーチンの日々が始まるのだな」と早くも倦怠《けんたい》感が兆しつつ、どこか解放感もないだろうか。正月の間家族とずっと顔を突き合わせているのは、仲が悪いわけでなくても疲れるもの。ふだんは仕事、学校などそれぞれに外へ出て、それぞれのペースで生活している。正月はいつもどおりのマイペースというわけにいかず、お互いに少しずつ無理をする。

ふだんより改まりもするだろう。食事ひとつも、お雑煮の作り方とか、お節料理はまず誰から箸《はし》を取るかとか、決まり事やしきたりがある。家にいるからといってスウェットとぼさぼさの髪でお屠蘇をいただくわけにには、さすがにいかない。

それも新鮮でいいのだが、一連のイベントがすみ、元の暮らしに「これはこれで悪くないな」。ルーチンの心安さというのだろうか。変わり映えのしない繰り返しに、くつろいでいる自分を見出すのだ。家族で祝う正月が過ぎて、私の新年が遅ればせながら始まった。

民俗学者の宮本常一は、小正月の「小」を「小さいという意味よりも私を意味するもののようである」と言っている（『図説　俳句大歳時記　新年』角川書店）。

小正月は別名「女正月《おんなしょうがつ》」という。大正月を男正月と呼ぶのに対して称したのが元だそうだ。地方によっては一月二十日を女正月とする。

女性には実感のある呼び方だ。「私の正月休みがやっと来た」と。ジェンダーレスが進み、昔ほど性別による役割の違いがないとはいえ、年末年始にすることは多い。暮れの買い出し、掃除、お節料理の準備。作らないにしても買ってこないといけない。松飾りは「一夜飾りはいけない」というし屠蘇散も前もって浸け込まないと。雑煮椀《わん》はどこだっけ。あ、祝い箸を買い忘れた、などなど。

ふだんのうのうとひとり暮らししている私も仕事納めとなった二十八日か二十九日から親の家へ行き泊まり込んだ。正月にはきょうだいが、子どもたちを連れて来る。特別なご馳走《ちそう》をしなくても家族が揃《そろ》うというだけで、作る量も洗い物も増える。朝ごはんの片づけが終わったら昼ごはんと、台所に立ち通しだった気がする。

松が取れ、ひとり暮らしの家に戻るとほっとひと息。「女正月」とはよく言ったものだと思った。

マドレーヌ女正月とて買ひぬ

岸本葉子

「とて」は「と言って」の略。女正月だからということでマドレーヌを買ってきた。お正月は和食中心だったので、洋菓子は気分が変わる。甘い物は疲れもとれる。

暮れの買い出しは、重いし何か所も回るしで、必要な物だけでいっぱいだった。家族のための買い出し。自分のために、しかもマドレーヌなんていう、なくてすむ物を買ってくることができる贅沢《ぜいたく》。

昔の女性もプチ贅沢を、女正月に味わうことができたようだ。全国的かどうかはわからないが、地方地方の風習を歳時記が伝えている。女正月の前夜の十四日の晩は、夕食のいっさいを男が作ることになっていたとか、十五日は昼から夜にかけて男禁制の長い酒盛りを女たちがすることになっていたとか。

正月の女性の忙しさをちゃんと評価しねぎらう発想が、昔もあったのだ。ひとりの発想ではなく、共同体内限定ではあれ制度として、休みを設けていたのである。

五指の爪玉の如くに女正月

飯田蛇《だ》笏《こつ》

この句を初めに読んだときは、古めかしいと感じた。玉のような爪に女性の慎ましさや清らかさを見るのは、男性目線でもあるなと。が、前述の女正月の風習を知り、読み方は変わった。

今ふうにはネイルアートを想像していいだろう。美しく整えた爪。女正月のこの日は、作業で傷つけることなくきれいなまま保っていられる。作者名がなければ、自分の爪を眺める女性の句とも読めそうだ。

どんど焼《やき》

小正月の「小」が「私」を意味するようだとする歳時記の説明を紹介した。農村では大正月よりも小正月を重んじ、地方によりさまざまな行事が営まれたそうだ。新暦になってさびれていったという。

今でも広く行われているのは「左義長《さぎちょう》」だろう。小正月の火祭りで、三本の竹または木を組み立て、正月の松飾りや注連《しめ》飾りを燃やすもの。新年の季語になっている。「どんど」「とんど」「どんどん焼」とも呼び、その名の方が親しみがあるかもしれない。

おどろかすどんどの音や夕山辺　青蘿《せいら》

「山辺」というから、山が近いのだろう。竹の火に爆ぜる音が、驚くほど大きかった。山

に反響して、ますます大きい。山からは夕闇も下りてきて辺りを暗くし、火の勢いを増して見せている。

　盛んに燃えるほどいいとされた。「どんど」「とんど」の呼び名は「とうどやとうど」と火を囃《はや》したてる言葉からついたという。囃子詞《ことば》に「尊や尊」の漢字をあてた本もある。

　街育ちの私は、この句に詠まれたような、昔ながらのどんど焼は見たことがない。見たことがないと言い出せば、歳時記に載っている季語の八割方がそうかもしれない。田んぼやかかしのある農村風景は、日本の昔話を収めた本の挿絵などではおなじみだが、私の身の回りにはないものだ。

　このどんどを、今の家の近所で見た。たまたま通りかかった小学校のグラウンドだ。夜ではなく昼間に、大人たちがそばについて子どもたちが火を取り巻いていた。いまどき焚《た》き火とはめずらしいなと思った。住宅地ではごみもうっかり燃やせなくなっている。グラウンドを囲む金網越しだが、見ると松飾りがくべられていて、どんど焼であるとわかった。

　どんどの火には、書き初めをした紙を投じて炎が高く上がれば上達するとか、餅《もち》や団子を焼いて食べると一年を無病息災で過ごせるとかといわれている。

グラウンドの子どもたちも長い棒を握り、大人たちに手を添えられながらかざしていた。棒の先に刺してあるのは、餅でなくマシュマロ。意外だったが美味しいかもと思った。気を抜くとすぐ焦げそうだけど、軽く焙《あぶ》れば、外側は香ばしく中はふわりと熱々で。暖房器具も調理器具も火を使わない物が多くなっている今、子どもたちのみならず大人も火に接する数少ない機会といえそうだ。

くべる松飾りや注連飾りは、子どもたちが家々を回り貰《もら》ってくる。「注連《しめ》貰《もらい》」といい、これも新年の季語である。

学校の名をまづ言ひて注連貰　岸本葉子

グラウンドのどんど焼から想像した句。詐欺が増えている今、いきなり玄関チャイムを鳴らしても応答のない家が多いだろう。そこで「何々小学校から来ました！」と知らせて、警戒を解く。グループで連れ立っていけば、中にひとりは勇気を出す子がいるものだ。率先して声を張り、めでたく任を果たしたところ。元気な子どもたちにあやかって、私も一

年の無病息災を賜りたい。

どんど焼は、都会ではもっぱら子どもの行事となっているという。俳句だからといって無理に昔ふうに詠まなくても、今のようすをありのままに詠んでいいし、想像で詠んでもいいのである。

column

1 季語かどうか、どうやってわかる？

歳時記を引くとわかる。歳時記という言葉は喩えに使われることが多いが、ここでいうのは俳句の季語を集めた本のこと。いくつもの種類が刊行されている。

俳句に親しむ人が必ずといっていいほど持っているのが角川ソフィア文庫の『俳句歳時記』。ハンディなのと、文庫ならではの求めやすい価格のためもあるだろう。普及の広さから、季語のスタンダードと思ってよさそうだ。春、夏、秋、冬、新年の五分冊から成る。

新年の分冊には、五冊分の季語の総索引が付いている。春ならば、春の分冊とともに、この新年の分冊の総索引だけ切り取った物を持ち歩くと便利。その季節以外の季語、例えば「セーターに桜の花びらが散りかかるさまを詠みたいが、セーターは冬の季語である」ということが、総索引で「セーター」を引けばわかる。他の季節の季語だから詠んでいけないことはない。が、わかった上で詠むのと知らないのとでは、違う。ただし収録数に限りがあり、傍題（246ページの「俳句を楽しむ用語集」を参照のこと）だと、載っていないことがある。

傍題もカバーできるのは『角川俳句大歳時記』だ。「大」というだけあり収録数が多いが、重い。この歳時記の入った電子辞書を持ち歩くと、いつでもどこでもわかる。

春

燕

椿

猫の恋

海《の》苔《り》

初春

節分を過ぎると、暦は春。歳時記も春の巻を出してくる。目次を眺めると、海藻の名がいろいろ載っている。「海苔」「若布《わかめ》」「荒布《あらめ》」。難読漢字だが「鹿尾菜《ひじき》」「海雲《もずく》」「石蓴《あおさ》」など。いずれも春の季語である。

海苔は特に意外だ。コンビニのおにぎりをはじめ、年中あって食べている。春の季語となったのは、海苔を採る時期の関係のようだ。秋から春にかけて収穫され、春に採る物がもっとも香り高いと、歳時記に説明されていた。海苔にも旬のあることを初めて知った。「海苔採」「海苔搔《か》く」「海苔舟」「海苔干す」も春の季語となっている。

海苔搔きの臑《すね》の長さよ夕日影　素丸《そまる》

海苔を掻く人の臑だろう。夕日影は、夕方の光のこと。斜めの光を受けた臑が、細く長く見えている。逆光で黒いシルエットになっているかもしれない。

詳しくいえば、春でも初春の季語だ。俳句では季語を春の中でも「初春」「仲春」「晩春」の三つに分けて考える。春を通して見られる事物は「三春」とする。夏、秋、冬についても同様だ。

初春は、海苔を掻く海の風はまだ冷たく、水も冷たい。夕方ならなおさらだ。長く不安定な臑は寒そうで、頼りなくもあるけれど、光を受けているさまには尊さも感じる。

今は手で掻くのではなく機械化されている。産地の有明海を訪ねたことがある。海に支柱が立てられて、網を張ってあった。種付けして育て、収穫期になったら船に取り付けてある幅広いローラーのような物で、網ごと巻き上げ、巻き上げるそばから機械が海苔を甲板に落としていく。

機械化されたとはいえ操るのは人。収穫期でないときも、まめに舟を出し世話をする。労働への賛歌といえる句だ。

私の育った街は海沿いでも、漁業に従事する人は少ない。それでも海藻を採りに行った話を、高校の同級生からしばしば聞いた。ある男子は若布を採りに、手こぎボートで出ていき、欲張りすぎてボートが重くなり、動かなくなってしまったので、泣く泣く若布を海に戻し、帰ってきたと言っていた。「若布刈」「若布《め》刈舟《かりぶね》」も春の季語である。

女子は日曜に家族で浜へ荒布を拾いに行ったと話していた。漁業に従事する家でなく、つとめ人の家である。渚《なぎさ》に打ち上げられるので、引き潮の時間をみはからい、散歩がてら出かけていく。拾ってきた荒布はよく洗って、家で食べるという。ゆでてマヨネーズをかけるだけとか、醤油《しょうゆ》と砂糖でさっと煮るだけとか。若い葉ならやわらかく、簡単な調理で食べられるそうだ。

荒布は成長するとかなり大きくなり、茎は棒のように硬くなる。茎の先に葉が細く裂いたように分かれて広がり、掃除のはたきのような形になる。

浜へ行くといくらでも拾える。荒布が赤茶けた黒の塊《かたまり》となって、波打ち際に沿って残っている。近づくと、ちぎれた網やビーチサンダルのかけらもいっしょくたに、絡まり合っているのだった。

まだ重き荒布の砂をはらひけり

岸本葉子

かがんで、つかんで引きずり出し、砂を払ってみたところだ。重いのは、海の水を含んでいるためで、砂も湿って黒っぽい。「まだ」は打ち上げられて間もないこと、これから乾いていくことを示す。

東京に住むようになってから、生の荒布を見たことのない人が多いと知った。売っているのは乾物で、小さく刻んであるそうだ。

浜に打ち上げられた荒布を、私は試みに手にとってみても、そのまま砂の上へ戻し、食べることはしなかった。小学校の頃は全国的に環境汚染が問題となっていて、海で遊ぶと水着やビーチサンダルに重油が黒いしみとなって付着し、そこに打ち上げられている物を食べる発想が、親たちにはなかったようだ。海藻が身近にありながら、もったいないことだった。

その後、環境を守るさまざまな規制ができて、水質は改善されたと聞く。東京湾ですら水質の改善により、江戸前の魚が戻りつつあるそうだ。

海苔は常に食卓にある。子どもの頃は家で焼いていた。焼海苔が今ほど出回っていなかったのか、高価だったのか。

朝食や夕食の前、ガスコンロの火で焙る。火がじかに触れないようコンロに魚焼の網を載せて、網を撫《な》でるようにした。習字の半紙くらいの大きさの海苔を持ち、表、裏と返しながら滑らせる。距離と速度を一定に保つことが必要で、せっかちになってはできないのだった。

この頃の朝夕やすし海苔二枚　蓼《りょう》太《た》

「やすし」は安らかである、穏やかであるということ。春が来て朝夕とも前ほどは冷え込まず、しのぎやすくなったのか。あるいは心ののどけさか。

海苔を焼くとは言っていないけれど、私は焼いているところを想像する。ひと頃は、気

がかりを抱えていたり、落ち着かない日々を送っていたりしたけれど、この頃はゆったりした気分で、朝夕を迎えられている。海苔を焼くという習慣的な動作だからこそ、ぞんざいにしては焦がしたり破れたり、うまくいかないのである。よくわかる。海苔「二枚」というのが、より、ゆったりとした時間を表しているようだ。心持ちにも暮らし向きにも、ひと頃より余裕が出てきたのだろう。

焼海苔は、しけてしまうと残念である。私は袋入りのを買っているが、封を切ったらすぐ密閉蓋の容器に移し、念のため冷蔵庫に入れている。冷蔵庫の中は乾燥しており、冷やす必要のない物でも、湿気から保護するために利用できる。

バラ海苔はご存じだろうか。おにぎりでなじんでいる四角い海苔は、収穫した海苔を刻んでから、四角い形にまとめた物。今は機械で加工するが、昔は紙漉《す》きのようにした。バラ海苔は、刻んで成形することをせずに干した物だ。歯ごたえがあって美味しい。ご飯にかけたり、味噌汁《みそしる》の具にしたりするのに便利である。

バラ海苔に似ていて、緑色なのが石蓴。こちらは乾いたままでなく、水分を含ませる方が食べやすい。味噌汁やお粥《かゆ》には、戻さずにそのまま入れられる。溶けずに歯ごたえが、ほどよく残る。

石蓴と削り節と味噌をお椀に入れて、熱いお湯を注げば、インスタント味噌汁のような簡単さで、味噌汁ができ上がる。

若布はカット若布が使いやすい。石蓴同様に使ったり、戻してサラダや酢の物にしたり。食物繊維の多い海藻はダイエットのおすすめ食材だ。カロリーは少なくて、栄養は豊富。骨を作る成分、血を作る成分、青魚に含まれる成分など、さまざまに含まれているという。

海藻を食べる国は、世界に多くないそうだ。身近にあって、しかも簡単にとれる加工品が手に入りやすくなっているから、せっかくのこの恵みをぞんぶんに受け取りたい。

雛《ひな》祭《まつり》

仲春

三月三日は「雛祭」。女の子が健やかに育つことを祈る行事である。

「雛祭」をはじめ「雛」「雛人形」「雛道具」も季語。「雛飾る」や、しまうことをいう「雛《ひな》納《おさめ》」も季語になっている。

飾るのは立春が来てからだ。立春は二月四日頃なので、ほぼひと月飾ってあることになる。

子どもや孫のためでなく、大人が自分のために誂《あつら》える雛人形も、毎年話題になる。ひとり暮らしの私の家も同様だ。食器の後片付けや掃除など、いつもと同じ家事をしていても、雛人形と目が合うと、心が和む。

新しく買った物ではない。子どもの頃あったのを、親の家を片付けたとき見つけて、持って帰ってきた。

男雛と女雛のみの親王飾り。三人官女や五人囃子のいる段飾りより高さも奥行きも出ないとはいえ、狭い家だと、場所は考えものだ。私の家に畳の部屋はない。小テーブルをひと月の間雛人形に明け渡したり、ソファの肘《ひじ》掛けと肘掛けの間に台を渡して置いたり、試行錯誤の末、食器棚の上に落ち着いた。サイドボードと呼ばれる、腰までの高さの食器棚だ。

そんな住宅事情から、次の句には共感する。

裏《うら》店《だな》や簞《たん》笥《す》の上の雛まつり　几董

「裏店」は裏通りに建つ家のこと。時代劇に出てくる長屋を想像すればいいだろう。表通りの家に比べて広くなく、簞笥の上に雛人形を飾っている。住宅事情に合わせた楽しみ方だ。時代は今の私と異なるけれど、雑誌のグラビアで紹介される旧家の雛祭りより、むしろ近しく感じられる。

質素な、たぶん彩りも少ない家で、雛人形の辺りだけははなやいでいそうである。つま

しい暮らしの中、雛人形だけは買ったことに温かいものを感じる。親たちがこのためにやりくりしたのだろう。箪笥のそばには、幼い娘がいるのだろうか。

年にいっぺん飾る雛人形。古びた紙箱から、防虫剤や防黴剤《ぼうかびざい》、保護のために入れてあるやわらかな布などを、順々に取り出していく。早さ第一で少々雑な私も、このときばかりは慎重になる。

一年間黴にも虫にも蝕《むしば》まれなかった顔が現れるとほっとする。

綿とりてねびまさりけり雛の顔

其角《きかく》

綿は、顔をくるんである真綿だろう。まさしく顔が現れてきた瞬間の句。

「ねびまさり」は昔の言葉で、成長して、ますます形が整う、美しくなることをいう。雛人形を飾ろうと顔の真綿を外したら、よりいっそう大人びてきれいになっていた。

実際にはそんなはずはない。人形だから、作られたときと同じ顔である。でも作者には、成長したと感じられた。一年ぶりに再会し「うちのお雛様、こんなにきれいだったっけ」と改めて賞美したのか。あるいは作者には娘がいて、娘の成長ぶりと重なったのかもしれない。

綿は、去年の雛納のときの綿だろう。傷まないよう丁寧に顔をくるんで、しまったのだ。毎年毎年同じように。雛人形の経てきた歳月を思わせる。

私の雛人形も、考えてみれば「還暦」を過ぎている。ふっくらとしわひとつない顔だが、私とともに年を重ねてきたので、六十歳以上になるのだ。

中指にひいなの髪の硬さかな　岸本葉子

「ひいな」は「雛」のことをいう。

顔をくるんだ綿をそっと外すとき、髪がいく筋か、綿についてくることがある。雛人形の髪の乱れを、中指で直した。人さし指だと力が入りすぎそうで、中指で撫でたのだ。ふれた髪は、思いのほか固かった。

人形の髪は、絹かナイロンでできている。人間の毛髪より太いし、形崩れしにくいよう糊で固めてある。

長い歳月を共にしてきた、とても近しい物だけれど、人間とは違う髪の手ざわりに、人ではなく「物」であることを改めて感じ、はっとする。命のない人形の哀れさといおうか。行く末も考えてしまう。私に子どもはいないし、年をとれば、もっと狭いホームに移ることも考えられ、いずれにせよ、ずっと持ち続けられるわけではない。雛人形をだいじにしている人は皆、気になることだろう。

雛人形の由来を知ると、少し心が軽くなる。もともとは、代々守り渡される物ではなかった。災いや厄を、女の子に代わって引き受けてくれる物だった。江戸時代の中頃以降、雛人形を立派に作って賞美するようになってから、保存する物に変わったという。

「流し雛」を思い起こせば、なるほどだ。夏越《なごし》の祓《はらえ》の形代《かたしろ》もしかり、物に穢《けが》れを移して川に流す習わしが、古くからある。「流し雛」も春の季語だ。「雛送り」ともいう。

私たちにできる「雛送り」は、人形供養をしているお寺やお宮に託すことだろうか。日本人形協会を通して、人形供養を依頼することもできる。

受け継ぐ子がいなくても、先々を憂えずぞんぶんに愛でる。それも身の丈に合った行事の楽しみ方といえるだろう。

日《ひ》永《なが》

三春

昼間の時間が延びてきた。冬の間、東京では午後四時半には暗くなっていたのが嘘《うそ》のようだ。洗濯物を取り込むのも、慌てなくてよくなった。昼の時間の長いことを表す季語が「日永」。「永き日」ともいう。

春の季語であることに、首を傾げる人はいるだろう。昼の時間がもっとも長いのは夏至。「日永」は夏の季語であるべきではと。

もっともな疑問だが、俳句の季語は客観的な事実と違うことがしばしばある。季節とともに暮らす中での、主観的な感じ方を表すためだ。「日永」はそのひとつ。ちなみに「夜長」も夜の時間がもっとも長い冬ではなく、秋の季語である。

日の出から日の入りまでの時間数よりも主観を重んずる。日が長くなったという感慨を持つのは、暗くなるのに追われるように暮らしていた冬の記憶が遠くない春こそだ。

「日脚《ひあし》伸《の》ぶ」という季語がある。日脚とは昼の時間のこと。昼の時間がもっとも短い冬至を過ぎると、長くなりはじめる。こちらは冬も終わりの、晩冬の季語。「伸びるのが冬の季語で、長いのが春の季語で、だから俳句は面倒」と思うか、またはその感じ分けを面白がるか。後者の方が俳句を早く楽しめそうだ。

永き日や欠伸《あくび》うつして別れゆく

夏目漱石

追われていない感じがよく出ている。時間を持て余しているようでもある。

欠伸は不思議と伝染するもの。ひとりが「ふぁ〜」と口を開けると、もうひとりもつられて「ふぁ〜」。欠伸を抑えないのは、気を許した間柄なのだろう。

立ち話の二人を、私は想像する。日没には間がありそうなので、散歩に出かけた。顔なじみと会い、なんということない会話を交わし「ふぁ〜」とお互いに欠伸してから「じゃ」「また」。日の長さが、欠伸したときの締まりのない顎《あご》とも通じそうだ。

作者の夏目漱石は、正岡子規との出会いをきっかけに俳句に親しんだ。子規に手紙で俳句を送り、添削も受けている。旧千円札で知っている漱石の肖像、正装で威厳ある姿と、横目で口を結んだ不機嫌そうな表情からは、意外だけれど、ほっとする。胃弱に苦しんだ彼にも、気を抜けるときはあったのだ。

永き日の水にふくれて段ボール

岸本葉子

段ボール紙は、水を吸うとふくらむ。荷物の箱をつぶした後、外の壁に立てかけておいたら、清掃車が通ったのだろうか、濡れて凸凹《でこぼこ》していた。箱のときの頑丈なようすと違い、間が抜けている。

日が長くなることと段ボールがふくらむことと関係はないのだが、緩んだ感じが通じ合う。因果関係がなくても、気分のシンクロする二つをつなげて一句にするのは、俳句によくある作り方だ。

裏門のひとりでにあく日永かな　一茶

こちらも二つに因果関係はない。門がひとりでに開くことは、春でなくてもあるだろう。けれど「日永」という季語があると、何か不思議な印象になる。うとうとと眠気がさした間に、誰か来たのだろうか。見えない誰かが来ているのではないか、と。

間延びした時間に、ふっとエアポケットに入りそうな感じが「日永」にはある。「表」門ではなく「裏門」であることも、謎めいた雰囲気にしている。表門から呼び鈴を鳴らして訪ねてくるのではなく、知らない間にしのび込んでいそうだ。

因果関係を重んずるのは科学だが、俳句は科学的であることを必ずしも求めないことを、この句にも読み取れる。

永き日や目のつかれたる海の上　太祇《たいぎ》

海辺育ちの私は実感がある。旅先で船に乗ったときのことも思い出す。いつまでも明るい海。上下する波のきらめきを眺めていると、瞼《まぶた》が重くなる。やがて閉じて眠ってしまいそう。春のけだるさ、軽いもの憂さもある。

でも、日ざしの降り注ぐ海などでうっかり寝入ると、たちまちに日焼けする。「日永」はすなわち、紫外線にさらされる時間が長くなること。けれども春はまだ夏に比べて無防備だ。

紫外線には二種類あるといわれる。日焼け止め剤のパッケージでおなじみＵＶＡ、ＵＶＢだ。紫外線Ａ波、紫外線Ｂ波のことで、前者は主にシワ、たるみに関係し、後者はシミに関係するそうだ。

紫外線というとシミができる方をおそれるが、実はシワもこわい。「光老化」などという言葉を聞く。このシワに主に関係するＡ波の方が、ぐんと増えるのが春四月。五月が一年でもっとも多くなる。夏が来たらＵＶケアを、のつもりでいると遅いのだ。

紫外線は家にいても結構浴びているという。たしかに、ごみを持って出たり、ベランダに洗濯物を干しに行ったりだけでなく、室内でも窓からの日が眩《まぶ》しく感じるときがよくある。外に出ない日も、朝の洗顔後のUVケアを習慣にしたい。

日光を浴びることそのものを、避けるわけではない。骨のためには、むしろ必要だ。骨といえばカルシウムだが、食べ物からとったカルシウムが骨になるために、日光は欠かせないという。

帽子を被り、日焼け止め剤を塗るなどの対策をした上で、春の日永を健康作りに生かそう。

花《はな》

晩春

俳句で「花」といえば、桜のこと。子どもの頃は入学式の絵に咲いていた印象だ。今は四月に満開を見ることは少ない。住んでいる街では毎年桜まつりを催しているが、ある年はすっかり散って花は葉に変わっていた。主催者も困惑したのだろう。桜まつりの看板に「若葉かがやく」と書いた紙が付け足しのように張られていた。その後まつりを三月下旬に早めたようだ。東京は三月中に満開を迎えることが多くなっている。

この時期になるとニュースに登場するのが、桜前線だ。沖縄で一月中旬に咲きはじめ、しだいに北へ上ってくる。日本列島の上に、等高線のようなピンクの縞《しま》のかかった図。あの図がニュースに出ると、本格的な春の到来を感じる。咲くのが待たれる。

待つ花や四方の空見るばかりなり

杉風《さんぷう》

花を待つ心持ちが表れている。見上げるどこにも花はまだないが、期待に満ちて空は明るそうだ。

作者の杉風は江戸時代の人。花見は豊臣秀吉が京都の醍醐寺《だいごじ》三宝院《さんぽういん》で豪華な宴を催したことで知られるが、庶民の間で広く行われるようになったのは江戸時代からという。東京の古い花の名所のひとつ、飛鳥山《あすかやま》は徳川幕府が千本以上の桜をわざわざ植えて、庶民が花見をできるようにした。行楽地を作り上げ、庶民に開放したのである。今からおよそ三百年前、八代将軍吉宗のときだ。

当時の江戸はすでに人口百万を数える過密都市。家々は建て込み、火事はしょっちゅう、疫病もたびたび起こり、庶民はストレスを抱えていた。統治者としては、ストレスを発散させる場を設ける必要を感じたのだ。

東京の古い花の名所のもうひとつ、上野は、今でこそ宴が盛んだが、昔はそうはいかな

かった。将軍家の霊廟《れいびょう》、すなわち、みたまを祀《まつ》っているところだから、どんちゃん騒ぎはよろしくないと、いろいろ規制があったそうだ。日暮れになると「山同心」なるお役目の人が来て、敷物をしまわせ退去するよう追い立てるありさま。そこで別の山にレジャーの場をプロデュースしたのである。

桜を植えたばかりでなく、茶店を設け、将軍自らが酒の宴を催した。家臣にはオランダふうの装束を身に着けさせ、いわば仮装をさせて、遊び方を実演してみせるという力の入れよう。実演が効を奏してか、飛鳥山を描いた江戸時代の絵では、庶民がとても楽しそうだ。扇を手に舞い踊る人、敷物の上で飲んだり食べたりしている人、子どもづれの婦人、杖をついたご老人、多様な人がのびやかに過ごしている。

重箱に鯛おしまげて花見かな　成美《せいび》

なんとも豪勢である。おしまげて、というところに、鯛の大きさがうかがわれる。押し曲げてようやく重箱に収まるほどの立派な鯛。他にもいろいろおかずが詰まっていそうだ。

酒の肴《さかな》もあるだろう。

この時期、店で売られる花見弁当は、家でひとつひとつ作ると手のかかる煮物や焼き物が、きれいに盛り込まれて目にも楽しい。人数分を前もって予約したり、敷物を広げて場所取りをしたりと、花見宴会はたいへんだが、心浮き立つものでもある。

コロナ禍で集まっての花見ができないいくつかの春を経験した後、名所の多くが二〇二三年に四年ぶりに花見宴会を「解禁」、人々で賑《にぎ》わった。コロナ禍を機に花見の仕方が変わるだろうかと思ったが、三百年の伝統を持つ「レジャーの力」は強かった。ちなみに私たちが目にする機会の圧倒的に多いソメイヨシノは、江戸末期に生まれ、明治に近代都市を造り上げていく中、公園や官庁付近などに盛んに植えられた品種である。江戸の人たちは別の桜を見上げて興じていたことになる。

私は例年花見弁当を買いこそするが、味わうのは家で。花見もブルーシートの並ぶ場は避ける。花の名所での賑やかな花見も、それはそれで楽しいだろうけれど、静かな花見もおすすめだ。

私はひとり、身近にある好きな木を訪ねる。名所ならぬ名木、それも自治体が認定したプレートの付いているような名木でなくていい。「私の名木」だ。わざわざ出かけなくても、郵便を出しに行くついでや買い物のついでにできる、ふだんの暮らしの中での花見である。

スーパーへ行くほんの三分ほどの道のりの間にも、一本ある。人の家の庭に植わっている木だが、枝が塀を越えて道に張り出している。立派な木で、もしも公園にあったなら、いちばんに場所取りされて、車座になって宴会が始まるだろう。が、住宅地の中なので足を止める人はない。私ひとりのために咲いているようで、もったいないほどだ。

二〇二〇年三月は、新型コロナウイルスの感染が拡大しはじめた頃で、気が気でなく日々を過ごした。スーパーの帰り、満開になっていたその桜にはっとした。

例年は、つぼみだ、三分咲きだ、五分咲きだと思いながら通るのに、コロナ禍元年というべきその年は花を待つ心も忘れていた。私が忘れていても、桜は変わらず咲くのだと思った。

東日本大震災の年も、似た感慨を抱いた。震災に続くあの年の桜は、急に満開になったような印象だ。私は東京に住んでいるが、余震、計画停電、品不足、原発事故の情報など何かと振り回されて、つぼみや咲きはじめに目を留めるゆとりがなかった。

決まった木の花見を毎年する。定点観測であり、年による変化がわかる。木の変化も、見る側の心の変化もだ。そうした長い付き合いの桜の木が、私にはいくつかある。

さまざまの事おもひ出す桜かな　芭蕉

初めてこの句を読んだとき、あまりにも素直な句で、意外だった。教科書に出てきた芭蕉の句は「閑《しず》かさや岩にしみ入る蟬の声」など、もっと芸術的な感じがした。「古池や蛙《かわず》飛び込む水の音」など、蛙が古池に飛び込んだか否かの論争もあるそうで、深遠な何かを含んでいそうでもあった。

それらに比べて、拍子抜けするほどストレート。論争の余地もない。でも読むほどに味わいが深まる。

桜は一年という時の巡りを、強く意識させる花だ。盛りが短いためだろう。満開から一週間持たないといわれる。週末が見頃だと次の週末はたいてい散っている。一年のうちのほんのわずかな間に限られる。

「三年前の今頃はゆとりがなかった。五年前の自分はどうしていただろう」と来《こ》し方に思いをはせる。そうした時間を持てるのは、ひとりの花見ならではだ。年を共に重ねてきた夫婦も、関係がよければ同様だろうか。

同じ一本の木にも、花が元気な年とそうでない年とがある。ある年突然、勢いの衰える木もある。

「前はもっと、枝から噴き出すように咲いていたな」「花つきがよすぎて押し合いへし合いしていたな」と昔の姿と比べている。こういう咲き方の木と思っていたけど、そうではなく、若い木の咲き方だった。歳月は木の上だけに流れたはずはない、自分にも同じだけ流れたのだと気づく。

桜咲きさくら散りつつ我老いぬ　闌更《らんこう》

「ぬ」は打ち消しではなく完了で、老いたということ。たくさんの桜を迎えたくさんの桜を見送り、私も年をとったのだなと、しみじみと眺めている。

けれどこの句に暗さは感じない。「我」の背景に花があるためだ。花の明るさが「我」の来し方を照らし「いろいろあったが、よくやってきた」とうなずける。人生を肯定できる気持ちになれる句だ。

けふまでの日はけふ捨てて初桜　千代女

「けふ」と旧仮名でなく「今日までの日は今日捨てて初桜」と書かれていたら、千代女を今の誰かのハンドルネームと思いそうな句だ。

初桜は、その年初めて咲いた桜の花のこと。木は同じでも、花は毎年新しく咲く。自分もまた新しい時を生きはじめようと言っている。過去を捨てる潔《いさぎよ》さと未来志向を感じる。

胸がすっとして、背筋が伸びるようだ。

「捨てて」は嫌なことや不本意だったことを忘れるだけではないように思う。リセットといおうか。生きてきた間には積み重ねたものがある。ふるまい方、ものごとへの対処の仕

方、価値観。

自分のやりかたが正しいような気についなりがちだが、異なるやりかたをも柔軟に受け入れられないと生きづらいし、人に支えられることの多くなっていくこの先もっとたいへんになる。

ひとしきり風にふくらむ桜かな

岸本葉子

満開の花が風でふくらむ。心も深呼吸して広々とするようだ。

春は年度の変わり目。環境が変わることの多い時期である。そうした時期に、心をいったんまっさらにしてみようと思うきっかけになりそうな、白く明るい花が咲くのは、天の配剤かもしれない。

桜《さくら》餅《もち》

晩春

あっという間に散ってしまう桜を、長く愛でる方法のひとつが、味わう。文字どおり味覚によって愛でるのだ。

「桜餅」は桜が咲く前から店に並ぶ。三月早々、店によってはもっと前の立春早々から売り出される。

関東と関西では餅が異なる。関東の私がなじんでいるのは小麦粉を溶いた生地を焼いた物。関西の餅米でできた物は、成人してから知った。

紙箱の底の湿れる桜餅　岸本葉子

季語は「桜餅」。練りきりなどの上生菓子は一個ずつプラスチックのケースに入れられ、貴重品らしく包装されているが、桜餅はそこまでデリケートな扱いはされない。季節を感じさせる菓子という点では上生菓子と同じでも、もっと親しみのある菓子。店の人がその場でひょいと詰めてくれる感じ、簡素な包みのようすを「紙箱」に託した。
「湿る」のは作りたてのため。餅もだが、くるんである葉っぱに湿りがある。桜の葉を塩漬けにした物である。

あの葉を食べるかどうかでよく迷う。香りがよく、味と歯ごたえにも変化がついて美味しそう。が全部食べると、塩気のとりすぎになりそうだ。やわらかいところだけ齧《かじ》り、硬いところを残すこともある。行儀がいいとはいえず、皿で出されたりすると皿に葉柄が残ってきまり悪く、客として行った先ではできないことだ。

桜餅の葉重ねて食へばもの親し　原月舟《げっしゅう》

「重ねて」はどんな場面だろう。食べ終わった後葉が重なるほどいくつも桜餅を食べたのか。ひとつの桜餅についていた葉か。東京の桜餅の発祥といわれる老舗《しにせ》の桜餅は、ひとつに三枚ついているという。

いずれにせよ葉まで食べれば「もの親し」。親しみを桜餅におぼえているなら「葉が三枚ついている、あのなじみの桜餅を今年も食べたことだな」という句。誰かとともに食べているなら、行儀の悪い食べ方の許される間柄の人と、心が通じ合う感じがする、という句になる。無言で頬張った顔を、互いに見合わせ笑みがこぼれるようだ。

食べられるほどのやわらかさの葉は、若葉である。花が終わって間もないうちに摘んで、塩漬けにする。ということは、花の時期に食べる桜餅の葉は、去年の葉を味わっているわけである。

一年も前の香りがよみがえる。圧縮ファイルを解凍するのと少し似ている。一年前のできごとも同様によみがえる。

花もまた塩漬けにする。「桜漬」という春の季語になっている。あんパンや、おめでたい席で出る「桜湯」に用いられる。

「桜湯」は「桜漬」を茶碗に入れて、お湯を注いだものだ。年じゅう飲めるが、これも春の季語。俳句で「桜湯」の題を出され季語の指すものを知らないと、桜の花の舞い込む露天風呂を詠んでしまうから、季語の理解はだいじである。

塩漬けの花が、お湯に戻されふんわりと開き、香りが立つ。ほんのりと赤い色まで、白磁の茶碗の中に見えている。八重桜の赤みのある品種の花を、七分咲きくらいのうちに漬けるそうだ。

桜の葉の塩漬けも花の「桜漬」もインターネットで調べると、家で作っている人のレシピや動画が数多く出てくる。桜の香りの成分は花よりも葉に多く含まれ、しかもリアルタイムで嗅ぐより塩漬けにする方が、化学反応でさらに引き出せるという。写真は簡単に撮って端末に保存できる時代。他方で、漬けて、保存し、繰り返し味わう、そんな思い出の残し方をしている人が、動画の投稿に慣れた世代にも結構いることに驚く。

「私の名木」は人の家の木だが、自分の庭に桜の木があったら作ってみたい。

雁《かり》帰《かえ》る

仲春

春は別れの季節。進学や就職のために、家を出る人もいるだろう。働いている人も、持ち場が変わったり転勤が決まったりで、仲間と離れ、家族を残して赴任することがあるだろう。

私は会社勤めをしたとき配属が人事部だったため、別れの季節を実感した。日本国内にも何十という支社、営業所があり異動はまさに北から南までをシャッフルすることになる。予期せぬ異動を告げられ、その場で泣く人も少なくない。異動を各部署へ通達するのは、当時は紙。各部署へ紙を届けるのは、気の重い仕事だった。

巣立つ人はもちろん、見送る人の胸にも万感が溢《あふ》れる。応援、頼もしいと思う気持ち、もちろんさびしさや心配もある。

人との別れの多いこの時期、自然界でも別れが繰り広げられる。鳥が飛び去っていく季語が、歳時記にはたくさん載っている。

代表的な季語が「雁帰る」。秋に渡ってきた雁が、ひと冬を日本で過ごし、三月から四月にかけて北へ帰ってゆくことだ。さまざまな冬鳥が春に日本を後にする中、雁はとりわけ印象深いものとして、古くから詠まれてきた。

帰るとてあつまる雁よ海の端　　去来《きょらい》

季語の「雁帰る」を「帰る」と「雁」とに分けて用いている。季語をこのように分解して使った俳句も、ときどきある。

「あつまる」は、雁の帰るようすを見たことがあれば思い浮かぶだろう。雁は群れをなして、隊列を組んでいく。棹《さお》のように一列になったり、鉤《かぎ》のように曲がったりと、形を変えながら。集団で飛ぶことにより起こる空気の流れを、うまく使って渡っていくそうだ

この俳句で雁が集まっている場所は「海の端」。海と陸の接するところで、崖か、はたま

た波打ち際か。集まってまさに旅立とうとしている。ひと冬の間なじんだ地を後にしようとしているのだ。

遠くシベリアやカムチャッカまで旅する。先頭の雁は特に体力を使うため、途中で交代するそうだ。あの小さな体で何千キロも旅をするのだと思うと、無事を願わずにいられない。

「あつまる雁よ」の「よ」という詠嘆に、見送る思いがこもっている。

雁の隊列というと、秋の印象がある人もいるだろう。『枕草子』に「雁などの連ねたるがいと小さく見ゆるは、いとをかし」とあるのは秋だ。雁の飛ぶようすは春と秋の二度見られる。秋は日本にやって来るときだ。俳句では、秋のようすをいうときは「雁来る」「雁渡る」、春のようすには「雁帰る」「去る雁」「行《ゆ》く雁」「雁の別れ」と季語を使い分けている。春には「いまわの雁」という、別れに際して感極まりそうな季語まである。

秋には雁を迎える気持ち、再会の高揚、無事に来たことを確かめられた安堵《あんど》があろう。春の思いは述べたとおりだ。雁の飛び方は変わらなくても、人の心に季節の移ろいが現れる。

行く雁の思い切りたる高さかな

尾崎紅葉

季語は「行く雁」。飛び立った雁が思い切ったような高さに上がった。「かな」に作者の驚きが伝わってくる。訣別《けつべつ》をはっきりと感じたことだろう。引き返さない勢いで陸を離れたのだ。

だいじょうぶだろうかと心配する。同時に、勇ましい姿が清々しく、頼もしくもある。過酷な旅に耐える力をいつの間にか蓄えていた。「空」という言葉は出てこないが、空の広さも見えるようだ。

春に帰ってゆく鳥は、雁の他にも鴨《かも》、鶴、白鳥《はくちょう》などがあり、それぞれが「鴨帰る」「鶴帰る」「白鳥帰る」と季語になっている。鳥の名を出さずにまとめて言うときは「鳥帰る」。「鳥雲に入《い》る」は高く上がった鳥が、雲間に入り姿を消すこと。見送る側に寄り添う季語といえる。

鳥雲に入る夕刊の届く音

岸本葉子

「入る」と「夕刊」の間には切れがある。音読の際「入る夕刊」と続けず「入る」の後、少し空ける。鳥が雲に入るのと夕刊の届くのとは、互いに関係せず、別々に起こることだ。直接にはつながらない二つを句の中に置くときに設ける隙間のようなものが「切れ」である。

立つ鳥を見送っていて、ついに見えなくなった。去っていった人を重ね合わせたなら「行ってしまったな」と小さく溜め息をつくところだろう。子どもの巣立ちや、親の看取りを想像してもよい。私は後者だ。残る側のさびしさはある。同時に肩の荷を下ろし、力が抜けるようでもある。

そのとき門の方でことりと音がした。夕刊が来たのだ。別れを経験した日でも新聞は変わらず届く。世の中は常のとおり回っているのだと気づく。

自分も、日常を取り戻そう。まずはいつもどおり、お米をとぐところから始めよう。「お米」云々までは、俳句では言っていないが「夕刊」に変わらぬ日常を託した。日常の復するきっかけとなるものでもある。

立つ鳥で思い出すのは「立つ鳥跡を濁さず」だ。ごみを持ち帰る習慣や「来たときよりきれいにして帰れ」という教えを想起する人もいれば「終活」を想起する人もいよう。

私の親はもったいながって、物をとっておく方だった。母は昭和元年生まれ。成長期がちょうど、戦争で物がなくなっていく時代だったので、物のありがたみが骨身にしみていたのだろう。輪ゴムでもプラスチック容器でも捨てずに再利用していた。

私ももとは母の影響で、とっておいていた。「あると便利。いつか何かに使えるのでは」とつい思ってしまう。が、再利用には限度がある。苺《いちご》のケースなど、台所の流しの下の物入れに、半分割れたような物がたくさん積み重なるありさまとなる。

「いつか使える」の「いつか」は来ないと考えることにした。

台所用品、食器などふだん出し入れする物が、出し入れしにくく感じたら、持ちすぎのサインと受け止めて減らす。

ふだん出し入れをしないところも、ときどき覗《のぞ》く。例えば流しの下の物入れの奥。「まだとってあったのか」と驚くような物がどこの家にもあるのでは。ひと頃はまって今は作らなくなった生ジュースの絞り器とかパン焼き器とかを、私は処分した。今も折りにふれて見直している。

減らすことは、捨てることとは限らない。プラスチック容器は洗えば資源ごみになる。食器は、私はリサイクルの店に買い取りを依頼した。リサイクル店の人によると、ブラウン管のテレビやテレビ台、レコードプレイヤー、電気のかさなど、私からすると意外な物が「昭和レトロなインテリア雑貨」として売れるそうだ。

物を捨てるのは心苦しい。再利用されるなら、物を減らすことをしやすくなる。フリマアプリを含む中古市場が拡大しているのもうなずける。

跡を濁さぬよう早々と備えておくことは、必ずしもないと思う。私が物を減らすのも、立つ日を考えてのことではない。むしろ毎日を鳥のように軽々と過ごすためになっている。

種《たね》蒔《まき》

晩春

「巣立ち」の季節は、「育ち」の楽しみな季節でもある。春には、植物の苗を植えたり、種を蒔《ま》いたりする季語が多い。

「種蒔」は春の季語。「種袋《たねぶくろ》」という季語もある。前の年にとった種を乾燥して入れてある袋だ。蒔くのによい種を選り分けることを「種選び」。芽の出るのを促すため水に浸けることを「種浸《ひた》し」。苗を育てるための「苗床《なえどこ》」。何を植えたかわかるように立てておく「苗札《なえふだ》」。

蒔いたり植えたりのひとつひとつが季語になっており、育てる作業へいかにこまやかに心を寄せてきたかがわかる。

庭に出て物《もの》種《だね》蒔くや病み上がり

正岡子規

季語は「物種蒔く」。種蒔きの中でも特に野菜の種を蒔くことをいう。キュウリ、ナス、カボチャなど夏から秋にかけて収穫する野菜の種である。

「庭」というから、庭の一角を耕したごく小さな畑だろう。「病み上がり」の身でも行ける近さ、体力の許すほどの少しの作業。

「今日あたり庭へ出てみるか、種でも蒔いてみるか」という気の起こる、暖かで穏やかな春の光が差していそうだ。

久しぶりに降りる庭は、五感にふれるすべてが新鮮だろう。命の詰まった小さな粒をつまんで土に置いていくとき、自分の命もまだまだつながっていくことを、指先を通して感じられそうだ。

やはらかき土に立てたる種袋

岸本葉子

私の住んでいる辺りの地面は舗装《ほそう》され、家々が建て込んでいる。畑はおろか、土のところそのものが少ない。春、小学校の脇を歩いていたら、花壇に種袋が立ててあるのが、金

網越しに見えた。

ホームセンターやスーパーなどで売っている種は、つや紙でできた固い封筒のような袋に入っている。袋の表には花の写真が印刷してある。小学校の児童が買ってきた種を蒔いて、何の種だかわかるよう、立て札の代わりに種袋を土に挿したのだろう。

民家の植木鉢にもよく、同じように挿してある。プランター代わりに白い発泡スチロールの箱に土を入れて、玄関先に置いている家があり、そこにも挿してあった。

冬の間花壇や植木鉢の前を通りかかると、土が乾いて固まっていた。発泡スチロールの箱には、どこから落ちてきたのか針金ハンガーが刺さっていたりポリ袋が引っかかっていたりして、単に放置してあるだけのようで「もうごみになっているのでは。それこそ捨てた方がいいのでは」と思うこともあった。

春になって種袋を立てた土はやわらかくほぐされ、水遣りもしたのだろう、湿り気を帯び、芽を出せる環境に整えられている。

あらかたは舗装道路の、灰色の風景の中で、種袋の彩りがはなやぎをもたらしていた。ものを育てるよろこびや花の咲く未来への期待感も表すようで、いかにも春らしいのだった。

街中から山へ目を転じよう。こちらは育てる「よろこび」というよりもう少し厳粛《げんしゅく》なものが伝わってくる。

山人《やまびと》や薪《たきぎ》にすとて木《こ》の実植うる　道彦

季語は「木の実植う」。句の中の「植うる」は「植う」の連体形である。「や」があるため係り結びの法則に従い、連体形にしたのだろう。クヌギ、ナラ、カシ、キリなどさまざまな木の実を植えることをいう。種は「蒔く」で木の実は「植う」と動詞を使い分けて、季語にしている。

「山人」は山里に住む人、山で働く人、と辞書にある。生業《なりわい》の別を問わず、山と深く関わって生きる人だ。

句の作者は、旅の途中だろうか、山で木の実を植える人と行き合った。「薪にすとて」は

「薪にすると言って」ということ。その言葉が作者の印象に強く残った。

薪にできるまでに育つには、何年かかるのか。植えているその人はもういないかもしれない。にもかかわらず植えるのだ。

伊勢神宮の山では、未来の建て替えに用いる木材を自分の山でまかなえるよう、二百年後に使う木を植えると聞いた。人の一生を超えた長い時間への視野がそこにはある。

私たちの目の前にある木々も、先人たちが植えておいてくれたものかと思うと身が引き締まる。無駄にはできないという気持ちになる。

私の暮らしは多くの資源を使うことの上に成り立っている。プラスチック容器もだし、暑さ寒さで健康を損なわずにすんでいることからして、ガスや電気によって家の中の温度を一定に保てていてこそだ。

暮らしの成り立ちを大きく変えることは困難だが、暖房を例にとれば温度を高く設定しすぎないといったところから、資源の持続可能な使い方につとめたい。

八《はち》十《じゅう》八《はち》夜《や》

晩春

春でも汗ばむ日が出てくると「八十八夜」はもうすぐだ。立春から数えて八十八日め。立夏の間近な頃である。

八十八を組み合わせると「米」という字になるから作物にとってだいじな日だと聞いたことのある人は多いだろう。農家にとって種蒔きの目安であるという。

春にはまだ、急に気温が下がって霜《しも》の降りることがときどきある。「八十八夜」を過ぎると、さすがにもう霜の心配はなくなり、種蒔をしてよいとされた。

桑に言ふ八十八夜までの霜

長谷川素逝《そせい》

桑は昔でいう「お蚕《かいこ》さん」を育てる植物。「桑に言ふ」は、人に対して言うように声を出して桑を励ますのだろう。霜が降りるのも八十八夜までのことだから後少しの辛抱だと。「八十八夜」は春の季語、「桑」も春の季語、「霜」は冬の季語で、一句に季語が三つも入っている。一句に季語が複数入ることを季重なりといい、原則として避けるよう指導される。他方、先人の句を読むと複数入ることが少なくなく、とまどう人もいるだろう。句会では、「主たる季語がわかればよい」「実際にその場にあったのなら、季語だからといって詠むのを避けることはない」「効果があればよい」と教えられた。

この句では「八十八夜」がいかに待たれるものかをよく表し得ている。

糠《ぬか》床《どこ》の水気八十八夜なる　岸本葉子

糠床には漬けた野菜から水気が出る。暑くなってくると糠床の塩分を濃くするため、水気が溜まりやすくなる。夏に近づいていることをそこに感じた。

糠床には種々の微生物が棲《す》んでいて、発酵を起こし、ときに腐敗に傾く。私にできるのは環境調整であり、いかに育っていくかは彼らしだい。声を出さない生き物を飼っているような感じがする。

種蒔きそのものの直接体験ではなく、連想したことを詠む作り方の、これも一例である。

「八十八夜」で連想するのは茶摘み。「夏も近づく八十八夜」に始まる歌で描かれるのは、茶摘みの風景だ。

遅い霜をおそれるのは茶も同じ。茶畑では霜や急な寒さの害を防ぐため、簾《すだれ》のような覆いを木にかける。「八十八夜」を過ぎると覆いをはずしたと、歳時記で読み、子どもの頃になじんだ歌の意味するところを初めて知った。「茶摘」も春の季語である。

山門を出れば日本ぞ茶摘みうた　菊舎《きくしゃ》

寺の門を出たら茶摘み歌を耳にした。目には緑の茶畑が飛び込んできただろう。

「日本ぞ」とは思い切りのいい表現だ。茶摘みの頃の茶畑の風景に「日本」を実感したのだろう。

「日本」の言葉が出てくるのが意外だけれど「茶摘みうた」まで読むと、納得する。茶畑の広がる風景は、中国にもインドにもあるだろうが、葉の緑が緑茶につながり、それはやはり日本だなと。

「あかねだすきに菅《すげ》の笠」で歌をくちずさみながらの茶摘みは、もはや観光イベントでしか見られなくても、日本茶は私の「ふるさと」的な飲み物。コーヒー、紅茶は好きだがそう何杯も飲めず、帰っていくのは日本茶だ。

急《きゅう》須《す》と湯呑みとお茶の葉の缶の載ったお盆は、卓袱台《ちゃぶだい》と並ぶ家庭の原風景のようなもの。ペットボトルのお茶は便利だけれど、ときどき茶葉から淹《い》れたくなる。

急須にお湯を注ぐのもいいし、夏に向けては水出し緑茶もおすすめだ。作り方は簡単で、茶葉と水を容器に入れ冷蔵庫に一時間以上置くだけ。コップに移す際茶こしを通す。お茶やだし用のバッグを使うと、茶こし要らずで、後始末も簡単だ。茶葉の量は、お湯で淹れるときと同じか気持ち多め。茶葉により違うので、出具合を見て調節していく。

水出し用として売られている物は、茶葉を細かく砕いてあるが、わざわざそれを買わなくても、ふつうの茶葉でできる。そう知ってから、よく作るようになった。いただき物の茶葉を余してしまうことが前はよくあり、もったいなく感じていたが、無駄がなくなった。持ち歩くと、外でペットボトルを買わなくてすみ経済的でもある。

何よりいいのは、失敗が少ないこと。急須で淹れるときは、湯が熱すぎて色が悪くなることが、私は多い。あの、いったん沸かしてから適温にまで冷めるのを待つ、というプロセスのため緑茶をつい敬遠してしまっている人は多いのではなかろうか。

コロナ禍で人の集まりの激減していた間は、日本茶は苦境だったという。たしかに祝賀の会でも葬儀でも、ちょっとした待ち時間にはお茶。新入社員のとき最初に習うのも来訪者へのお茶の出し方だった。

「ペットボトルのお茶があれだけ売っているからだいじょうぶでは」と思いそうだが、ペットボトル用と茶葉として出荷する物とは違うそうだ。

他の飲み物に飽いたり疲れたりしたとき帰っていくところであり、この頃では健康面での効果もよく聞く日本茶。苦境を脱することのできるよう、飲んで応援したい。

かき氷

夏

金魚

更衣《ころもがえ》

初夏

五月初旬に「立夏」を迎えると、俳句の季節はもう夏。五月初めは大型連休のさなか。この時期に衣替えの作業をする人も多いだろう。バスに乗って運転手の制帽が白になっていると、夏の到来を感じる。

衣替えはもともと宮中の行事で、漢字では「更衣」と書いた。旧暦四月一日に夏物に改めた。夏物から冬物へは十月一日だった。

学校や職場の制服は、日を決めて夏物に替わるのが一般的である。新暦の六月一日に定めているところが多いようだ。俳句の夏の季語になっている

スクランブル交差点けふ更衣

岸本葉子

季語は「更衣」。渋谷のスクランブルで信号が変わり、いっせいに歩き出す人が夏服になっていると、そういえば今日は衣替えだったと実感する。縦横斜め、あらゆる方向から白い波が迫ってきて、眩しさに圧倒される。

前にロシアを訪ねることが何度かあった。夏の初めの、日によっては汗ばむ時期だったが、人々の服装があまりにばらばらなことに驚いた。ノースリーブの人もいれば、重たげな毛皮つきコートの人もいる。「夏だからもうこの服装は変か、という感覚は、こちらの人はないの。暑いなら暑い、寒いなら寒いと、自分が感じたとおりに着るの」と現地在住の日本人は言っていた。

ロシアの街のようすを思い出すと、地域性や個々人の判断など多様性を重んずるようになった今の日本でも、「更衣」の意識は人々の間にはたらいている気がする。

着慣れても折り目高しや夏衣《なつごろも》　来山《らいざん》

季語は「夏衣」。なつぎぬ、とも読む。「夏服」という季語もあり、洋服のときはこちらと使い分けることが多いようだ。

「夏衣」を詠んだこの句は和服だろうが、私は「更衣」の日の学校の制服を思い出す。折り目が高いとは、たたんで保管していたのを出したばかりなのだろう。学校の制服は三年間着続ける。生地もくたびれてくる。それでもぱりっとした折り目がついていると新鮮で、気分が改まるものだ。

秋が深まり冬服を出したときも折り目はついているだろうけれど、新鮮な気分を詠むには、軽やかな「夏衣」が合う。

人にややおくれて衣更へにけり
高橋淡《あわ》路《じ》女《じょ》

季語は「更衣」。この句はもう説明の要らないほどストレート。自分のことと思う人は必ずやいそう。私はまさに人におくれる。「やや」どころではなく、かなりである。寒がりなのもあるが、衣替えの作業が億劫《おっくう》で。家にいる時間のある大型連休中にするのが理想と思いつつ、つい先延ばし。

家事は昔に比べて楽になったが、衣替えに関してはそうでないように思う。昔は服の量が少なかった。子どもの頃は親が「お茶箱」から出したりしまったりしていた。内側に銀色のトタンを張った木の箱だ。もとがお茶を入れる箱だから防虫、防湿効果があり、服の保管にちょうどよかった。今思うとサイズはけして大きくはなく、それも四人家族でいくつもなかった。

成人してからの私はプラスチック製のケースに保管するようになり、ひとり分なのに量がしだいに増えて、詰め替え作業はひと仕事。夏物を出して空にしたケースへ、冬物をしまう。しまうには、まず冬物を洗わないといけない。衣替えが年々負担に感じられてきた。

そこでめざしたのが「衣替えをしない」暮らし。まったくしないわけではなく、大がかりな詰め替え作業をしないですむように。ケースは原則廃止して、夏物も冬物も共にクローゼットにかけるか、同じ引き出しにしまう。我が家のクローゼット内にはポールが手前と奥の二本あり、手前の取りやすい方に夏物をかけて、冬物を奥へ。引き出し内も手前と奥とを入れ替えるだけ。

ただし奥へ移す方の服を洗うことは忘れないようにしないと。「それほど着なかったから」とそのまましまうと、半年後に袖を通そうとして「あっ」と驚くはめになる。「こんなところにしみが!?」と。ほんの少しでも着れば、汚れは気づかずについているものだ。着たかどうかの判断には、袖の腕を曲げる部分や後ろ身頃の座って椅子にあたる部分に、しわがないかを見るのがいい。

着た物についてはしみがないか、眼鏡をかけて点検する。

麺《めん》からの汁のはねなど「今つけた」とわかったしみは、なるべく早く処置をする。食べ物のしみは、そこだけキッチン用洗剤をつけてゆすいでみるなど。洗濯洗剤よりまずはキッチン用洗剤だ。その日は疲れて無理であっても後でわからなくならないよう、クローゼットにしまわずよけておく。

更衣の負担を減らすには、保管付き宅配クリーニングの利用も一方法だ。保管の場所を取らないし、虫がついたり黴が生えたりの心配をしなくてすむ。私も冬物は出すことが多い。

負担を減らすいちばんの方法は、服そのものを減らすことである。私はケースを廃止するにあたって「クローゼットのポールにかかる分だけ、引き出しに入る分だけ以上は持たない」と決めた。それでも増えるが、鏡の前で着ると判断がつく。基準は「着られるか」でなく「着たいか」。まだ着られるけれど、なんとなく似合わなかったり気持ちにしっくり来なかったりで、着たい服でなくなっていることはあるものだ。

服は変わらなくても、人は変わっていくのである。

松《まつ》落《おち》葉《ば》

初夏

初夏といえば若葉の季節。が、歳時記ではこの時期「落葉」のつく季語が多い。「松落葉」「杉落葉」「椎《しい》落葉」「樫《かし》落葉」「樟《くす》落葉」。いずれも常緑樹だ。常緑樹を総称して「常磐《ときわ》木《ぎ》落葉」という季語もある。

「落葉」だけなら冬の季語になる。

夏に「椎若葉」「樫若葉」「樟若葉」という季語もあるから、ますますこんがらがりそうだが、常緑樹というところにポイントがある。

一年じゅう緑に茂っている木でも、葉はひっそりと入れ替わっている。初夏から新しい葉が出てくるつれ、古い葉は徐々に落ちていく。

秋に燃えるような紅葉を経て落ちていくといったドラマチックな展開がないため、あまり気に留められることがない。

概して目立たない夏の落葉の中で、比較的気づきやすいのは「松落葉」だろう。松の木の多い庭園などを歩くと、点々と落ちている。たまたま上から降ってきてあたると驚く。

松葉散る松の緑の伸びにけり

正岡子規

季語は「松葉散る」。「松落葉」を言い換えた季語である。歳時記を開いたとき、太字にしたり【】で括《くく》ったりして目立たせてある季語を見出し季語、または主季語という。その下にやや小さな扱いで並べてあるものを、言い換え季語、副季語、傍題と呼んでいる。私はよく「仲間の季語」と紹介する。

散っていく葉と伸び盛りの若葉とが対照的だ。木としては成長している。その中で、古い葉が若葉に枝を譲っていく。

新旧交代の姿を簡素に詠んでいる。形は「松葉散る」でいったん切れるが、内容的には散って（こそ）伸びるというふうにも読める。

椎の葉も特徴がある。厚みがあり、表はつややかで裏は細かな毛が生えており灰白色に見える。神社や寺の境内によく巨木がある。

三十メートルにも達する木で、新緑が空高くせり上がる「椎若葉」は初夏の明るさに満ちているが、近づいてみれば、根元には古い葉が落ち、積もっている。

しづかなる音のただ降る椎落葉　長谷川素逝

季語は「椎落葉」。色づいた葉がいっせいに舞うようなはなやぎは、ここにはない。ただ静かに枝を離れていく。そのようすをこれも簡素な表現で詠んでいる。

西館の奥に旧館松落葉　岸本葉子

旧館というからは、新館が別にある。西館があるなら東館も。幾つもの建物が広い敷地に点在する老舗のホテルを思い浮かべていただきたい。

建物と建物の間は庭として整えられている。宴会客で賑やかな新館を出て庭を散策すれば、西館の奥に古色のついた建物があり、足元には松落葉が点々と散っていた。

「どこのホテルで詠んだのですか」とよく聞かれるが、これも想像の句だ。

句会で出た題が「松落葉」だった。風景と出会って詠んだのではなく、言葉と出会って詠んだ。

句会ではその場で題が出され、短い制限時間内に作ることがある。席題という。制限時間は句会によって違い、五題を三十分以内に作り短冊に書いて出すもの、三十分で十題のもの、「袋回し」という忙しい方法もある。封筒が回ってきて、封筒の表には題が書かれており、その題で作って短冊を入れ、次の人に回すもの。自分のところで封筒を止めるわけにいかず、とても気が急《せ》く。一句にかけられる時間は一分半くらいだろうか。

そうした慌ただしさの中では、自分の句の出所を探る暇はない。後で考えて、軽井沢プリンスホテルのイメージが土台になっていそうに思う。軽井沢プリンスホテルに松の木があったかどうかわからないが、敷地内に建物が点在し、緑が多かった。「西館」があったかどうかもわからないが、に・し・か・んは四音なので「を」「へ」「に」「と」などの助詞が付けられ、後を組み立てるのに都合がいい。制限時間一分半とかになると、作りながらじかに短冊に書いていかないと間に合わないのである。

「旧館」も軽井沢プリンスホテルにあるかどうかわからないが、たぶん歳時記で「松落葉」の説明を読み、新旧の交代をイメージしたのだろう。知らない季語を歳時記で調べながら作ることは、句会でふつうに行われており、歳時記は持ち込み可のカンニングペーパーのようなものである。

　こうしてできた五七五なので「どこのホテルで詠んだのですか」との問いには答えにくい。軽井沢プリンスホテルでと答える方が会話としてはスムーズなのだが、そこで松落葉を見たわけではなく、ましてや、松落葉を見たときの私の思いを五七五にこめたわけでもないのが実情だ。私のしたのは、言葉との出会いをきっかけに浮かんだ諸々のイメージを五七五にまとめて提出するまでで、その先、五七五から何を感じるかは、受け取った人に任せるほかない。

　俳句が読者に預けるところの多い文学というのは、十七音しかない短さに加えて、そうした制作過程のためもありそうだ。すべての句を席題で作るわけではもちろんないが、歳

時記の例句に載るほど広く読まれている句に実は席題で作ったというものは少なくない。

「どこのホテルで詠んだのですか」に類する質問は、俳句を発表するとしばしば受ける。文学作品の読み方に、作品を作者の体験と結びつけて読む方法があるからだろう。文学研究でも、作品内のひとつの言葉を取り上げ、資料から知る制作時の作者の体験との関連を指摘するものがよくある。が、俳句の鑑賞ではその方法がどこまで有効か、「作品の元となった体験探し」にどこまで意味があるのか、疑問である。

五七五になる過程を長々と述べてしまった。上述のとおり、思いを伝えようとして作った句ではないけれど、五七五にまとめた後で改めて、落ち着いて「松落葉」という季語と向き合うと、「松落葉」や「常磐木落葉」の営みには、年長者としての身の処し方を考えさせられる。仕事を始めたときは誰と組んでもどの現場に行っても、自分が最年少だった。いまやほぼ最年長だ。

仕事を始めた頃からは、ものごとの進め方がずいぶん変わった。連絡のとり方、書類の送り方からしてかつては電話、郵便、せいぜいファクス。データ量の大きいものを「圧縮」

してメールすることが私はうまくできず、何通ものメールに分けて添付で送っているしだいである。年少者に対しては、人より余計に手間をかけさせている場面があるだろう。
進んで引退することは、考えていない。仕事の機会を得られるうち、体力もなんとかなるうちはできるだけ長く働き続けたい。

会社勤めでないので定年はないが、私と組む人は入れ替わっていく。協働の仕方はときどき考える。自分が若いときを振り返れば、相手が年上であるというだけで緊張した。失礼にあたることをしていないか、ものを知らないとか頼りないとか思われていないか。過去のやり方と比べられていないかなどと不安で、気後れが常にあった。

私が年上であることによる先方の居心地悪さは、心に留めて、できれば取り除けるようにしたい。軽くふるまったり馴れ馴れしくしたりすると「イタイ」人になってしまうのでシンプルに、仕事を共にしていることがうれしいのを、態度で伝える。ひとことでいえば「機嫌よくいる」。自分より年長の樋口《ひぐち》恵子さん、吉沢久子さんと仕事を共にする機会をいただいたときそう学んだ。年長者が楽しそうにその場に臨んで下さることが、いかによいエネルギーを生み出すかを知った。

進んでは引退しないと述べたのと矛盾するようだが、ひとつひとつの仕事については降りるのを嫌がらない。抵抗したり「どうして続けられないのか」と問い詰めたりしない。どんな仕事にも区切りはあるものだし、たとえ私に落ち度がなかったとしても、新しい人は新しい試みをしたいものなのだ。

「若い芽を摘まない」とはよく言ったもので、新しい葉が伸びて、木全体としてますます茂っていくのを妨げないようにする「常磐木落葉」にならいたい。落ちていく葉に関しては、「終わりに際し関係の悪くならない」人であれば次の「始まり」に出会いやすいのではという期待もある。

古葉には古葉で枝を離れた先に、また別の居場所があると信じたい。

五月雨《さみだれ》

仲夏

「五月雨」と書くさみだれ、さつき雨は、俳句では梅雨のことをいう。旧暦五月にしとしとと降る長雨である。新暦の「五月」の風薫る清々しい季節の印象とは異なるので、とまどうかもしれない。

旧暦でいつ頃にあたるかは、今の暦のひと月からひと月半くらい先ととらえると、だいたい合う。梅雨は、地域により多少違うが新暦六月十日頃から、約ひと月間続く。

「五月雨」も「梅雨」も俳句の夏の季語。「梅雨入」「梅雨湿《じめ》り」「梅雨冷《びえ》」「梅雨寒《ざむ》」「空《から》梅雨」「梅雨明《あけ》」など梅雨にまつわる季語は多く、暮らしと広く、深く関わってきたことを示している。

梅雨寒や厠《かわや》の前の掛け鏡

岸本葉子

古い造りの宿や公衆浴場を想像してほしい。厠は廊下の先にあって、手前の壁に鏡がかかっていることが多い。建て替え前の道後温泉もそうだった気がする。鏡の四隅はたいてい錆《さ》びてくもったようになっている。

「錆びて」とか「くもって」とかは、句の中で言っていないが、そういう鏡を想像できるなら「厠」と季語「梅雨寒」のためだろう。厠の付近は日があたらず、湿気が多く、ましてや長雨が続いているから、よりじめじめする。

「梅雨寒」は梅雨前線の北からの寒気団が強まり冷雨となることで、肌寒さに、更衣でしまったカーディガンを引っ張り出す人もいるだろう。梅雨寒の廊下で、四隅から錆びが侵蝕してきている鏡に自分が映っていると、心中も寒々とするようだ。

髪剃《かみそり》や一夜に錆びて五月《さつき》雨《あめ》　凡兆《ぼんちょう》

湿気が多いため、剃刀《かみそり》が一夜にして錆びてしまった。雨の降っているのは家の外だが、家の中の物のようすによって、この時期の気候を詠んでいる。

縫物や着もせでよごす五月《さつき》雨《あめ》　羽紅《うこう》

「縫物」は刺繍《ししゅう》のある高級な着物のこと。「着もせで」は、着てもいないのに。たいせつな着物が、着てもいないのに汚れていた。しまっているうちに黴が生えたのだろう。がっかりする事態である。「梅雨」は別名「黴雨《ばいう》」。「五月雨」が梅雨の長雨であることを伝える句だ。

私もしまってある黒の服を必要があって取り出したら、ずっと着ていなかったのに黴が生えていて驚いたことがある。肩のところに手の形に黴が生えていて、誰かに触られたようでぎょっとした。

ハンガーにかけていた服で、クローゼットの中で移動させる際ハンガーごとつかんで、そのときの自分の指の跡だろう。目には見えない汚れが指についていて、生地にうつって黴が生えた。気づかないほどの食べ物のしみに、後になって黴が生えていることがままあるが、黴とはどんな小さな汚れも見逃さないのかと思った。服をしまうときやしまってある服を持つときは、布手袋をする方が安全ではあろう。

物のみならず住まいの黴も、この時期は悩みどころだ。風呂場の黴は生えてしまってから落とすのはたいへんなので、なるべく生やさないようにする。防黴剤をいろいろ試したが、なるべく水気を残さないようにするのが、私にはいちばん合っていた。

風呂から上がる際、壁や床を水切りワイパーでさっと撫でて、自分の使ったタオルでさっと拭く。換気扇なり浴室乾燥機なりを使う前に、このひと手間をかけるとかけないのとでは、乾き方が相当違う。「さっと」のひと手間も億劫なものだが、黴が生えた後で、風呂場にしゃがみ込みブラシでこすることに比べれば、である。水切りワイパーは、浴室内のタオル掛けに引っかけておき、すぐに取れるようにする。

洗濯物の乾きの悪いのも悩みだ。湿度が同じでも風があたると、乾きが少しはよくなる。

室内に干すなら、扇風機を回したり、除湿機があるなら扇風機と併用したりする。洗濯物の間をできれば空けて、空けられないほど多いならば、長い物と短い物との並べ方を考えて、とにもかくにも風通しをよくする。扇風機をあてるのは下から。洗濯物の水気は下に溜まるので、下の方が乾きにくいのだ。

浴室乾燥機なり乾燥付き洗濯機なりがあれば、最終的になんとかなるが、光熱費がかかる。できるだけ風で乾かし、乾燥機は仕上げに使うようにしている。

介護で洗濯物が多かったときは、ベランダ干し、部屋干し、浴室乾燥機とローテーションさせても追いつかないほどだった。梅雨が明けると、ベランダで一発で乾くのに感動したものだ。子育て中の家も同様だろう。

湿気には悩まされるものの「空梅雨」だと夏の水不足が案じられる。降る時期に降らないとそれはそれで困ると受け止めて、湿気と付き合っていこう。

短《みじか》夜《よ》

三夏

六月二十一日頃が夏至。一年でもっとも昼が長く夜が短い日だ。東の空が早々と白みはじめる。日の出ている時間は、夏至と冬至とでは東京を例にとると約五時間も違うそうだ。

俳句の季語では「短夜」という。「明易《あけやす》」ともいう。「もう朝か。夜はあっという間に過ぎてしまうものだ」という思いは、百人一首に代表される和歌の世界では後朝《きぬぎぬ》の別れ、すなわち男女が共に過ごして朝を迎え、別れを惜しみ嘆く思いとしてよく詠まれた。

俳句では和歌の伝統的な詠み方にとらわれず、現代の生活実感を詠むことができる。

明易や産業道路六車線　岸本葉子

産業道路は、主に貨物を輸送する車が通る道路である。幅広い直線道路をトラックが走る。

若いとき隣の部屋に夫婦と子どもが住んでいて、一家の大黒柱がトラックの運転手ということだった。妻がお弁当を準備するのだが、ソーセージを炒める香りが、子どもの寝るような時間に換気扇から漂ってきていた。

私たちの暮らしを支えて、夜通し運転する人々がいる。年じゅう通る道路でも、季節によって日の出の時間は変わるだろう。行く手の空が朝焼けてきて「もう明けるのか」「今日も蒸し暑い一日になりそうだ」とハンドルを握りながら思う、というシーンだ。

季語を「短夜」でなく「明易」にしたのは、「夜」の暗さではなく朝焼けが、読者の目に浮かんでほしいからである。俳句は短いので、行く手の朝焼けとか、運転席とか言うことはできない。「産業道路」という言葉から、そこを走るトラック、中の人、その人に見える朝焼けを想像してもらえたらと願い、五七五にしていく。

「短夜」を使った俳句では、この句がよく知られている。

短夜や乳《ち》ぜり泣く子を須可捨焉乎《すてっちまおか》

竹下しづの女

「乳ぜり」は、乳をせがんで、ということ。母親の立場で詠んだ句だ。ただでさえ眠る時間の短い夜。気候も蒸し暑くて、寝苦しい。その上赤ん坊が乳をほしがって泣く。この子をもう捨ててしまおうか。似たような衝動にかられることは、口に出さなくても多くの母親が経験するだろう。その衝動を、意表を突く形で表現した。

「すてっちまおか（元は旧かな遣いで「すてつちまをか」）」とふりがなをしている。「捨ててしまおうか」のくだけた言い方で、リズムはユーモラスだ。ふりがなの軽さに対し、「須可捨焉乎」は重々しい。漢文に詳しいかたは読み下せるだろう。「すべからく捨つるべけんや」。反語表現で「捨てることができようか、いやできない」ということだ。衝動、葛藤、踏み留まって乗り越えるのが、下五に凝縮されている。知的で実験的な表現だ。

百年以上前の句である。大正九年、西暦でいうと一九二〇年、俳誌「ホトトギス」に発表された。今よりもっと固定的な母親像のあった時代。乳呑み児を捨ててしまいたくなるときがあるという女性のホンネをよく詠んだものである。またよくそれを評価した。「ホトトギス」の同年八月号の「雑詠欄」の巻頭を飾ったのだ。

「ホトトギス」は高浜虚子が編集発行していた、日本でもっとも古い俳誌。「雑詠欄」は俳句のキャリアにかかわらず投稿できる欄で、虚子自らが選んで順番をつけた。一番となったものを巻頭とする。巻頭にならなくても「雑詠欄」に掲載されるだけで、作者は赤飯を炊いてよろこんだというほど権威と影響力を持っていた。

作者のしづの女は当時、四人の子育ての真っ最中、投稿を始めてわずか四か月だった。俳句を始めて間もない一女性が巻頭を飾り、内容もセンセーショナルだったため、賛否両論巻き起こったという。

虚子といえば花鳥諷詠《ふうえい》とか伝統派で知られ守旧派のイメージがあるかもしれないが、内容、表現とも斬新なこの句を巻頭に据えたことに心動かされる。男性中心だった俳句に女性がもっと親しめるよう、一九一〇年代から女性の句会を開催したり、女性の投稿欄を「ホトトギス」に設けたりした。虚子の娘の星野立子は、女性で初めて俳誌を率いることとなる。「玉藻」といい「ホトトギス」と共に今も続いている。

赤子の泣き声のする短夜の句を鑑賞した。静かな「短夜」の句もある。

短夜や奥歯に残る薬の香　几董

難しい表現はなく、読んでそのままだ。奥歯に薬の香が残っていた。寝る前に飲んだ薬だろうか。

香りに気づくのは、眠りが浅いからだろう。ほんの少しの違和感で目が覚めてしまう。そもそも寝つけずにいたのかもしれない。「短夜」の時期だから、暑さで寝苦しい。

周りがまだ静かなとき、目が覚めてしまっているのは心細いものだ。世界と切り離されたったひとり天井を眺めているようで、わが身の小ささ、頼りなさを感じる。いろいろと考えはじめ、ますます目が冴《さ》えてしまう。薬の香りが加わると、薬の力を借りているわが身であることも思い出しそうだ。薬と無縁で生きていた若い頃あるいは健やかだった頃の自分とは違う。

想像を広げていくと哀れな句になりそうだが、この句に暗さを感じないのは季語「短夜」のためだろう。「短夜」はどんどん深まっていく夜ではない。すぐそばに明るさがある。東の空はもう白みはじめている。

深刻な状況でも、出口なしまで追い詰められた感じにならないこの季語の力は、さきの乳呑み児を捨てたくなる句でも効いていそうだ。


すぐに明けてしまう夜は、睡眠の取り方がだいじ。私は前は朝まで寝通すことができたのに、途中で目が覚めるようになってきた。年をとるにつれ眠りが浅くなったり短くなったりするというし、気がかりがあったり起きている間の緊張がなかなかとれなかったりするのは、年齢を問わない。

睡眠を専門とする医師は、日中の活動に支障がないならさほど気にしなくていいと言う。あまり早く目覚めて困るようなら、次の対策がおすすめだそうだ。

朝の光を避ける。東京では夏至の頃だと四時台には明るくなる。日が昇るとともに起きるのは健康的ではあるけれど、早すぎて後の生活時間と合わないようなら、日の光をまともに浴びない環境を整える。
雨戸を閉めて寝る、雨戸がない家ならカーテンを遮光性のある物にする。今あるカーテンに後から付けられる遮光性の裏地も販売されている。夜型の生活リズムを朝型に修正するには朝の光をしっかり浴びるよう、よくすすめられる。同じしくみの、逆の方向からの応用である。

カーテンには今いろいろな機能を具《そな》えた物がある。遮熱性、遮音性。私はカーテンを遮光と遮音機能を持つ物にし、加えてインナーサッシを窓に取り付けてから、眠りは格段に深くなった。かつては窓の外に人のいる夢で眠りを破られることがよくあったが、ほとんどなくなった。建物のすぐ先が駐車場で夜中も人の話し声や物音のすることがあったのが、夢の内容に影響していたようだ。

他にも枕の高さを選び、パジャマは寝返りを打っても生地の突っ張り感のない物にしたり、ウエストゴムを締め付け感のないよう取り替えたりして、睡眠環境を整えている。洗濯物の乾きにくい時期だが、なるべくまめに洗濯する。寝具やパジャマの臭いも眠りに関わるということだ。

眠りの浅さには、日中の活動量も関係する。スマホやパソコンと日中ずっと向き合っていると、神経は消耗するのに体はほとんど動かさない。ジムに行った日は落ちるように眠りに引き込まれるし、行けない日も数分でいいから体操をすると、寝つきはまったく違う。短いエクササイズの動画が、検索するといくらでも出てくる。

眠りを引き寄せる工夫で、夏を乗り切りたい。

夏《なつ》痩《やせ》

三夏

梅雨が明けるといよいよ暑くなる。

ある年の梅雨明け、風鈴市に出かけた。毎年七月下旬に寺の境内で行われるもので、夏の風物詩となっている。

さまざまに鳴る風鈴の音は涼しげだが、なにぶん暑い。しかも炎天下。石畳の照り返しもきつく、立っているだけで汗がとめどなく流れ、熱中症になりかけた。

参道には露店がぎっしりと並んでいた。売られている飴《あめ》も今にも溶けそうだ。甘さを想像すると、さらに喉が渇くのだった。

参道に飴を商ふ暑さかな

岸本葉子

その寺の参道では、年中飴を売っているのかもしれないが、飴にも暑さを感じるのがこの時期だ。商いをする人も、顔や首回りの汗をひっきりなしに拭いながら立ち続けるのだろう。

暑い句をもうひとつ。

負うた子に髪なぶらるる暑さかな　園女《そのめ》

想像するだにたまらない。ただでさえ暑い上に重く、背中には子どもの体温が押しつけられている。子どもは一般に大人より体温が高いといわれる。頑是《がんぜ》ない子のこと、母親の後れ毛を引っ張ったりするだろう。子どもを負ぶったことのある人は身につまされるそうだ。暑かろうが夏負けで体調がすぐれなかろうが、育児に休みはない。

冷房のない時代は、暑さをしのぐ手だてが限られていた。他方で今は今の時代ならではの暑さがある。通りに出れば室外機や車からの熱風、ビルのガラスの反射、舗装道路から

の照り返し。温暖化や災害級の暑さという表現を、気象予報でよく聞く。

暑さに負けて、食欲は落ちてしまいがちだ。「夏痩」も俳句の季語になっている。

夏やせのわが骨探る寝覚めかな　蓼太

気がつけば骨が浮いていたのか。無意識に骨を探っていて、自分の手の動きで目覚めたのか。

骨が浮くほど肉が落ちなくても、鎖骨に思いがけず触れたときなど、人体の脆《もろ》さ、はかなさを感じるものだ。寝ている間は、昼間の社会生活で付与されているものの何もまとわない時間。身ひとつで夜の中にいる頼りなさ。「短夜や奥歯に残る薬の香」の句に通じるものがある。

「夏痩」は暑さで食欲が衰え体重が減ることと、歳時記で説明されている。素麺《そうめん》や冷やしうどんなど、さっぱりした物ですませがちになり栄養が偏ることも、バテる原因になりそうだ。麺だけだと炭水化物ばかりになってしまう。キッチンに立つことさえ億劫だが、調理は簡単でいいから、栄養はしっかりとりたいところである。

火を使うのが暑く煮炊きをしたくないときは、電子レンジで調理する。電子レンジは「温め」の印象が強いが、生から調理できる。オーブン付きのような高機能の物でなく、一般的な電子レンジでもだ。

例えば白身魚と野菜の電子レンジ蒸し。白身魚に酒と塩を振り、野菜を食べやすい大きさに切る。白身魚は年中手に入りやすいタラの他、そのとき売り場にある季節の物でいい。スズキや少し値が張るがタイ、ヒラメ、サケ。分類では赤身魚になるサワラでもできる。野菜はあり合わせの物ほぼ何でも。魚だけ蒸して、野菜は生の物を刻んで後から載せてもいい。夏野菜ならキュウリ、トマト、ピーマン、紫蘇《しそ》、茗荷《みょうが》など。生食できるし、加熱しても食べられる。魚も野菜もキッチンバサミで切れば、まな板と包丁に比べて洗い物が楽だ。

切った物をひとつの器に入れて蓋をして「温め」を押す。味つけは魚に振る塩、酒の他は、食べるときポン酢なりめんつゆなりをかけるのでいい。魚や野菜から出る旨味が水分

に溶けて、たれのような働きをするので、物足りなかったらかけるくらいで。

加熱時間は電子レンジによって違うので、最初に作るときは試しながらである。魚の身に熱が通っていなかったら押すことを繰り返そう。電子レンジによっては「蒸し物」のボタンがある。

魚のおかず、野菜のおかずと別々に作らなくてすむのがいい。調理した器からそのまま食べるので、栄養の流失がない。鍋を使わないので洗い物が少ない。火を使わないのは暑くない上に、安全でもある。

魚や野菜を切るのすら億劫だったら、缶詰めのイワシやサバだけでもとろう。脂の固まっているのが胃にもたれそうなら、脂を切るなり電子レンジで温めるなりすると、食べやすくなる。味がいまひとつだったら、めんつゆなり醤油なりをかける。野菜はジュースでとるなど別の方法を考えるとして、ともかくもたんぱく質をとるのである。

シニアは特にたんぱく質が不足しがちという。しっかりとって夏負けしない体を作ろう。

氷《ひ》室《むろ》

晩夏

暑い日本の夏でもはやなしには考えられないのが冷蔵庫。魚を買ってきても、冷蔵庫に入れなければたちまちに悪くなる。

私の母が結婚した頃は、家に冷蔵庫がなかったという。昭和三十年代前半だ。ちなみに電気冷蔵庫の家庭への普及率は、昭和三十五（一九六〇）年で十パーセントだったという。それまでどうしていたのか母に聞くと、冷やしたい野菜は流水で冷やし、魚は日々買ってきたそうだ。「ある」状態を知っているから、ない状態を考えられないが、当時はそういうものと思っていたという。

電気冷蔵庫の前は氷冷蔵庫という物があった。木製の箱の上の段に氷、下の段に食品を入れるもの。普及は遅く、一般家庭への普及は昭和三十年代からだったそうだ。

氷冷蔵庫で連想するのが「氷室」。俳句では夏の季語となっている。

歳時記で夏の季語と知ったときは意外だった。「氷」という字が付くからだ。

少し考えれば、なるほどである。水を人工的に凍らせることのできなかった時代は、天然の氷を使うほかない。冬の間にできた氷を溶けないように貯蔵しておくところが必要で、それが「氷室」だった。

「室」の字があるが室内ではなく、山中に作られる。土を深く掘ったところや天然の洞穴に茅《かや》などを敷き、氷を置いて草で被うそうだ。歴史は古く、『日本書紀』にすでに記述があるという。冷たい物をとっておいて夏に使うことを、日本人は早くから思いついたようだ。

氷は宮中に献上され、旧暦では暑い盛りの六月一日に臣下も賜った。

江戸時代には氷室はより多く作られるようになったという。

布《ぬの》子《こ》着て草より出でぬ氷室守　言水《ごんすい》

季語は「氷室」。布子は綿入れの服で、通常は冬に着る。

暑い中、綿入れを着て草の中から出てきた人がいて、作者の目を引いた。氷室守、氷室を守る番人であったという句。作者は旅の途中だったのだろうか。「布子」から氷室の冷たさが知れる。「草より出でぬ」も臨場感がある。草で被っておいたという歳時記の説明を思い出す。

宮中では暑い盛りの六月一日、臣下に氷を賜ったと述べた。江戸時代になると民間にもこの風習が広まった。六月一日を「氷の朔日《ついたち》」「氷室の節句」という。民間では氷はなかなか手に入らない。そこで代わりに餅を食べて祝った。「氷餅《ひもち》を祝ふ」という季語になっている。大正月や小正月の餅を保存しておいた物を食べる。白い色が似ているのだろうし、半年近くも経ちさぞかし固くなっていそうだ。地方によっては歯固めと称して祝ったという。

ゆるく歯にあつれば寒し氷餅《こおりもち》　蝶夢《ちょうむ》

この俳句では「氷餅」が季語の役目をしているようだ。「あつれば」は「あてれば」。固いので歯を痛めないよう、おそるおそる歯にあてたのだろうか。すると「寒し」、冷たいような感じがした。

餅を通して氷を味わう。風習はならっても、夏の氷は贅沢品だった。冷菓としての氷を生涯口にしなかった人もいたことだろう。そう思うといじらしい。

いまや電気冷蔵庫の普及率は一〇〇パーセントに近い。ほとんどすべての家庭にとって、壁の一部のような物になっているだろう。俳句では「冷蔵庫」は夏の季語。

年中あるのに夏の季語になっているのは、ありがたみをいちばん感じるのが夏だからだ。

私もふだんは食品保存庫という位置付けだが、夏になると俄然《がぜん》、存在感を増す。暑い外から戻ってくると、とにもかくにも冷たい物をとりたく、手を洗う間ももどかしく開ける。お茶を切らしていても、水は少なくとも入っているはず。

ネクタイをゆるめて覗く冷蔵庫

岸本葉子

ネクタイを私はしないが、「とるものもとりあえず」の表現だ。外から帰ったばかりのことをわかりやすく示せるし、ネクタイで首元まで締めているのはいかにも暑い。家に戻ってきた解放感。冷たい物でくつろぐ期待感も表せる。飲める人ならビールを想像するかもしれない。覗き込み、冷えた缶ビールを見つけたら最高だろう。

よく冷やすには、使い方がだいじだ。冷蔵庫の上に物を置いていないだろうか。冷蔵庫の外側を触ると温かいことに気づく。冷蔵庫は放熱するので、その熱が溜まらないようにする。設置の際は壁から少し離すように言われ、そうしただろうが、上にはつい物を載せてしまいがちだ。トレイとかホットプレートとか。上からも熱を逃がそうとしているので、妨げないようにする。

庫内には食品を詰め込まない。隙間がないと冷気がうまく流れなくなる。

冷凍庫は逆で物を詰め込む方がいい。お互いが「保冷剤」の役割をするという。私は調理中に出た生ごみを収集日まで冷凍庫に入れておく。隙間塞《ふさ》ぎになるし、臭いが出ず一石二鳥だ。

冷蔵庫、冷凍庫とも開ける時間を短くする。それには収納の補助具が役に立つ。百円均一の店などによくあるプラスチックのボックスで、幅のあまり広くない物を、私は使っている。

食品を入れて、冷蔵庫では縦長に置き、引き出しのように手前に引く。取りたい物がすっと取れ、奥を探ってその間ドアが開けっぱなしで、注意音が鳴ることはなくなった。中の黴《か》びた瓶詰めが、奥から発掘されるようなことも。

冷凍庫なら縦長、横長、どちら向きでもいい。仕分けのあることで、上からでもひと目でわかりすぐに取れる。

効率的に冷やせる他、賞味期限切れや買いすぎを減らせて、食品の無駄を抑えられ、電気代の節約にもつながる。

当たり前にある物のありがたみが増す夏。使い方の工夫でよりよく活用しよう。

祭《まつり》

三夏

「祭」は俳句では夏の季語になっている。東京では神田祭がいち早く始まる。神田明神の祭礼だ。

「神田祭」そのものも夏の季語である。江戸三大祭のひとつで、二年にいちど五月の第二木曜日から六日間にわたって行われる。威勢のよいかけ声で、神輿《みこし》を担ぐ姿は勇壮だ。

かつては江戸城の中まで神輿の列が入ることができ、将軍も上覧したことから「天下祭」と称された。

> お祭や神田ッ子にてさふらふと
>
> 角《つの》田《だ》竹《ちく》冷《れい》

「さふらふ」は「候」。「である」の丁寧語だ。江戸っ子よ、神田の生まれよ、と胸を張る。

祭のときは特に誇らしい。江戸っ子らしい、すっきりとした詠みぶりで、祭のときの胸の昂《たか》ぶりを伝えている。

歳時記で「天下祭」を引くと、神田祭の他に「山王祭」が出てくる。「日枝《ひえ》祭」ともいう。日枝神社の祭礼で二年にいちど、神田祭と交互に行われる。こちらは六月の中頃だ。王朝絵巻に出てくるような装束に身を包んだ行列が、皇居周辺や、丸ノ内、銀座などを練り歩く。

ついて歩いてみたことがある。梅雨の晴れ間にあたったのは幸いだが、時期が時期だけに蒸し暑い。都会の真ん中、舗装道路の照り返しがきつく、高層ビルの壁のガラスが眩しい。

少しでも日が翳《かげ》ると、ほっとしたものだ。

そこで思い出した句。

ちらちらと曇うれしき祭かな

荷兮《かけい》

見物人はむろん行列の人たちも、ほっとする思いで雲を見上げたことだろう。

祭は青空が似合いそうだが、ときおりの雲の白さもうれしさのひとつと目に焼きつきそうだ。

トラックで近づく祭囃子かな

岸本葉子

季語は「祭囃子」。出かけた先で、住宅地を歩いていたら、ふいに祭囃子が聞こえてきた。楽しげな笛、鉦《かね》、太鼓。どこから来るのかと目で探すと、角を曲がってトラックで近づいてきた。昔ふうの山車《だし》ではなくて、普通のトラックだ。

身近で現代的な祭である。昔ながらではないだろうけれど、小さな町がそれぞれに合った方法で行っている。形を変えながらも継承されているのを感じた。

日本の三大祭は他に、七月の京都の祇園祭、大阪の天神祭と続いていく。暑いさなかである。いずれも夏の季語で「祇園会《ぎおんえ》」「天満祭《てんままつり》」がそれぞれ見出し季語となっている。

祭といえば秋の印象をお持ちの方もいるだろう。俳句では、秋に「秋祭」、春に「春祭」の季語もある。何も付けず単に「祭」だと夏の季語になる。

「秋祭」や「春祭」は稲作との関わりが深い。「春祭」は田の神を山から迎え、豊作を祈るのが由来という。「秋祭」は収穫を祝い、田の神に感謝して、山へ送るものだそうだ。

夏の「祭」は、疫病や水害といった災いから守られるよう祈るものが多い。祇園祭はまさしく、都に疫病が蔓延《まんえん》したとき退散を願ったのが始まりと伝わっている。

今でも夏は他の季節以上に、食中毒やはやり病への注意が必要だ。医学が今ほど発達していなかった時代の疫病への恐れは、比較にならなかっただろう。

人々が密集して住む都市部では、疫病は大きな心配事だった。科学に基づく対策が立てられず、治療法も限られた中では、神に祈るほかなかっただろう。

夏の歳時記を見ると、はやり病の季語が多いことに驚く。「コレラ」「赤痢」「疫痢」、なんと「マラリア」まで。「マラリア」は「おこり」と呼ばれていた。

コレラ怖《お》じ蚊帳《かや》吊《つ》りて喰ふ昼餉《ひるげ》かな

杉田久女《ひさじょ》

季語は「コレラ」。巷《ちまた》で蔓延していたのだろう。伝染をおそれ、昼でも蚊帳を吊り、薄暗い中で食事をしている。

蚊が媒介するわけではないが、少しでも遠ざけたくて何かしないではいられない。不安に息を詰めて、日々を暮らしている。コロナ禍を経験した今は身につまされる。感染拡大初期の未知なことが多かったときは特に、ウイルスがどこからどう侵入してくるかわからず脅えた。

コレラは日本では大正九（一九二〇）年を最後に流行は収まったが、幕末や明治に大流行を繰り返し、多くの死者を出した。スペイン風邪の日本での流行は一九一八年から一九二〇年という。感染症は身近だったのだ。

新型コロナウイルスより少し前に「日本でもこんな病が？」と驚いたのがデング熱だ。

国内では約七十年ぶりの発生で、蚊が媒介することから、代々木公園で立ち入り禁止の措置が取られたのは、記憶に新しい。あの頃は家の周りの水の溜まりそうなところにも、注意を呼びかけられた。

言われてみると植木鉢の受け皿など、ほんの小さなところにもボウフラがいた。水を溜めないのがいちばんだが、石やコンクリート、ビニールシートなどのちょっとした凹《くぼ》みは、雨のたびに溜まって、しかも逆さに空けるのが難しい。

対策として、食器洗剤をときどき落とす。ボウフラの体に膜が張り退治できるという。油や塩を入れるのも効くそうだ。殺虫剤で他の生き物に影響しない物もあると聞いた。

害虫と益虫を分けるのは人間の都合だが、健康を脅かすとあれば仕方ない。

食中毒のもととなる生き物、細菌は暑くなると勢いづく。生物を冷蔵庫に入れる他、調理前に手を洗う。新型コロナウイルス対策で外から帰っての手洗いは習慣となっているだろうが、調理前にもういちど。

肉や魚を切ったまな板で、生で食べる物を切らない。いったん洗剤で洗うか熱湯をかける。できればまな板を分けるのがいいということだ。つど洗うのはやっかいなので、肉や魚をできるだけ最後に切るのも手だ。

簡単調理のところで述べたキッチンバサミは、食中毒防止の点でも役立つ。切りたい物を、鍋の上で手に持ち、もう片方の手にキッチンバサミを持ち、切るそばから落としていく。火を通すならば包丁技を問われるわけではないのだ。「調理は、まな板と包丁から始まるもの」という基本を、私は忘れることにした。

肉や魚を持った手で、あちこちにふれないよう注意する。買ってきたときの包装材についた汁があちこちにつかないようにすることも同様だ。書くと面倒なようだが、習慣的な動作になっていくものだ。

細菌に関しては、キッチン用のスポンジも要注意。細菌が繁殖しやすい。気がつくと、臭うことはないだろうか。アミタワシと呼ばれる薄手のネットは、水をよく絞れて乾きやすい。

シンクの三角コーナーに生ごみを溜めておかない。私は三角コーナーは使うのを止め、調理中に出るごみは新聞のチラシなり水物用のポリ袋なりに入れ、調理がすんだら冷凍庫へ移す。三角コーナーはキッチンに「あるもの」と思っていたが、なくすと、シンクにぬめりが溜まらず、掃除が楽だ。

冷蔵庫では、当たり前にある物のありがたみを感じる夏。他方、当たり前にある物を疑ってみるにも向く季節である。

行《ぎょう》水《ずい》

晩夏

汗まみれで帰ってきて、何はともあれひとっ風呂。バスタブにお湯の溜まるのなんて待っていられない。とるものもとりあえずシャワーで汗を流す。うんと低めの温度設定で。シャワーのなかった頃なら「行水」だろう。「行水」は夏の季語である。年中「カラスの行水」の人もいるだろうが、歳時記の説明では、夏の夕方、盥《たらい》に湯や水を張り、汗を洗い流すこと、とある。

風呂桶《おけ》の傍ら低う行水す

篠原温亭《おんてい》

行水のようすが見える句だ。風呂場で、風呂桶はあるけどそこに浸からないで、そばに盥を置いて行水する。「低う」は盥が風呂桶よりずっと浅いから。シンプルな詠みぶりなが

ら、行水がどういうものかをよく伝えている。

屋内の風呂場で行水するのは控えめな方。屋外で堂々と浴びている句もある。

行水や橋の往《ゆき》来《き》も見通しつ　石橋忍月

ずいぶん見通しが利く、開放的な行水である。橋がどれくらい先かはわからないが、行き来する人が見えるのは、向こうからもこちらが見えているわけで。

昔の日本人は裸をあまり恥ずかしがらなかったという。幕末に訪れた外国人の旅行記にはよく、驚きをもって書かれている。駕籠《かご》かきをはじめ、褌《ふんどし》ひとつで働く人は、ざらにいた。男性ばかりでなく女性も同様で、外国人が道を歩いていたら行水をしているご婦人と目が合い、逃げるどころかにっこりと会釈されて面食らった、とある。

行水は江戸時代、庶民の間でよく行われていた。冷房がないから、汗が今以上だったろうし、涼む効果もあっただろう。「日向水《ひなたみず》」がよく使われた。盥や桶に水を張って日向に置くと、行水にいい生ぬるさになる。「日向水」も夏の季語。ガスで設定した温度のお湯が出てくるわけではないから、暑さを利用していたのだ。

子ども時代、私の家では子ども用のビニールプールを同様にしていた。蛇口《じゃぐち》からの水そのままは冷たすぎるからと、前もってビニールプールに張り、庭の日あたりのいいところに出しておく。

あの庭のビニールプールでポチャポチャとしているのが、私にとっての「行水」だった。ビニールプールのへりは浮き輪のように空気でふくらませたもので、盥よりもふわふわとして気持ちがいい。「日向水」に、親が手を入れてみて温まり方が足りないと判断すると、やかんの湯をさしていた。

行水や盥に遊ぶ児二人　正岡子規

水のはねる音や笑い声が聞こえてきそうだ。子どもは水をさわることそのものがうれしく、つい遊んでしまう。

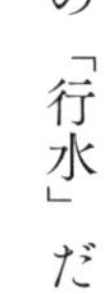

夕方とはいえまだまだ明るい光が、周囲に溢れていそうである。子どもへ注ぐまなざしの優しさを、句から感じる。

正真正銘（?）盥の行水も、当時は近所でよく見かけた。内風呂が今ほど普及していなかったためだろう。私が小学校一年まで住んだ家も内風呂はなく、もらい湯をしていた。近所の親戚の家のお風呂を使わせてもらった。

行水の光景を思い出すと、昭和の少なくとも三十年代までは江戸時代と、そう遠く隔たってはいないように感じる。

裸に関する、幕末日本を訪れた外国人の驚きを述べたが、裸に近い格好の人もよく見かけた気がする。ステテコ一枚、またはシミーズ一枚で、家の前に立っていたり椅子を出してきて座っていたり、近所の人が通りかかると、その格好のまま世間話を始める。その格好で、縁台で将棋をさす姿もあった。

冷房がなければ、または、あっても好みによっては、同じ薄着でも家の中にいるより外へ出て、夕風にあたる方が気持ちよかったのだろう。「裸」も夏の季語である。

裸《はだか》子《ご》を番台越しに返しやる

岸本葉子

季語は「裸子」。季語「裸」の傍題だ。

実家を出て、学生のときと社会人になって二年目までは銭湯に通った。銭湯には一家で入りに来ている人も多くいた。脱衣籠のある板の間にはベビーベッドがあって、おしめを替えていたり天花粉をはたいていたりした。タイル張りの洗い場にもたいてい親子連れが。母親が髪を洗う間、父親が交代で子どもを世話する。小さい子をひょいと抱えて、女湯から男湯へ、その逆へと番台越しにやりとりする光景がよくあった。

冬は行き帰りが寒いし、勤め帰りに寄るときはせっかくきれいにした足を一日穿《は》いたタイツにまた入れるのが「何だかな」と思うこともあったが、夏はとても楽しみだった。

内風呂が普及しシャワーも標準装備となった今、夏はシャワーだけですませる人も多いだろう。が、夏こそ湯ぶねで、それも「カラスの行水」ではなしに、しっかりと温まりたい。冷房や冷たい飲み物・食べ物で、体は意外と冷えているという。汗はかいているのに、

お腹をさわると冷たくて、よく聞く「隠れ冷え」とはこのことか、と思うのだ。

湯ぶねに浸かると、血行がよくなる。温まるのと、お湯の「圧」がかかるためもあろうか。シャワーだけのときと違う。凝りもほぐれそう。「浮力」のかかるのも湯ぶねならでは。体が軽くなって、あちらこちらが緩むようだ。

何よりも疲れがとれる。風呂は汚れを落とすだけのものではないと実感する。

「浮力」を思い出すと、銭湯の大きな湯ぶねに浸かりたくなってきた。久しぶりに行ってみようか。出た後は入口ののれんの前で、フルーツ牛乳を飲みながら夕風に吹かれたい。

納涼《すずみ》

晩夏

夏にさまざまな催しの頭につく「納涼」。季語では「納涼《すずみ》」と読む。「納涼《のうりょう》」と読むこともあり「涼み」と書くこともあるが「納涼」が見出し季語である。「納涼」の仲間の季語はいろいろで、涼む場所をいう「縁涼み」「門《かど》涼み」「橋涼み」「涼み舟」、涼む時間をいう「夕涼み」「宵涼み」「夜《よ》涼み」など。そのものズバリ「涼む」もある。文字を見るだけで涼しそうだ。

水音に濡れては帰る夕すずみ　千代女

「帰る」とあるのは、それほど遠くまで出かけたのではないと想像する。風呂上がりか夕飯の後かに近所をひと回りしてきたくらい。

水音は町を流れる川の音だろうか。通り沿いの家の台所で流す音が、開け放した窓から聞こえたのだろうか。生活音として読むと、暮らしをいつくしんでいるようになる。雨の音と読むのは、残念な読み方だ。雨に濡れたから帰る、という理屈になってしまう。理屈とは因果関係があることで、俳句では一句の中に因果関係を作らない方がいいとされている。

水に濡れるのではなく、音に濡れるとしたところに、詩がある。音に濡れることは、理屈の上ではあり得ない。作者は水音にしっとりした趣を感じ、しっとりした雰囲気に包まれる心地がしたのだろう。そのことを「濡れる」と表現した。

川むかひもらひ笑ひや夕涼　梢風《しょうふう》

町中の川を想像する。幅広くはなく、家々のすぐ下をゆく用水路のような。家々も蔵や庭のあるような御屋敷ではなく、ところ狭しと軒を連ねているような。川に面して台所の換気扇があったり、曇り硝子の窓にクレンザーの紙箱が立てかけてあったりしそう。

つましい幸せを感じさせるのは、何といっても「もらひ笑ひ」だ。対岸からもらい笑いが聞こえてきたのか、川を挟んだどうしが、つられて笑ったのか。声高な笑いではなく、つい、くすっと。それがわかるほどの静かな町。昼の暑さが過ぎ、ほっとした落ち着きが、川の両側にある。

細かく想像してしまうのは、母の語っていた、母の少女時代の夕涼みがこの句のようだったからだ。少女時代を送ったのは掘割の町。掘割を挟んで向かいが、母の兄の同級生の家だった。同級生は母の兄に用事があると、川越しに窓から声をかけてきた。道へ出て橋を渡り、玄関から訪ねるのは回り道になる。声は筒抜けなので「無精ねえ」と家の皆で笑ったそうだ。

夏は夕飯の後によく、一家で堀端を歩いたり橋に佇《たたず》んだりして涼んだという。昭和のまだ戦前のこと。私は生まれてもいないけれど、この句を通し追体験する気分だ。

家にいながらにして涼むのが「端居《はしい》」。読み方は初めて知るとしても、この季語の意味するところは、誰もがすでにしているだろう。縁側や窓の近くなど、家屋の端にくつろいで涼をとることだ。

台《だい》布《ぶ》巾《きん》干して端居に加はりぬ

岸本葉子

台布巾は、食卓を拭く布巾。夕飯の片付けの最後に食卓を拭いて、水でゆすいで絞り、布巾掛けなり棹なりに干す。加わり「ぬ」は、加わった、ということ。すでにくつろいでいる人たちの仲間に、後から入った。

家の縁側を想像していただいても、会社の寮のような建物の広い窓や物干し台を想像していただいてもいい。後者であれば、先にくつろいでいたのは働く仲間。片付けをすませてきた当番を「来た来た」「お疲れ」などと言って迎え入れる、青春ふうのシーンになるかも。

家族であれ仲間であれ、それぞれ別の人生の途中だが、一日の終わりとほっとする時間を、しばらく共に過ごす。

「涼む」とは別に「涼し」という季語がある。これも夏の季語だ。

そう知ったときはとまどった。「夏は涼しくないでしょう、涼しくなるのは、秋でしょう?」。「灼《や》く」「炎昼」「熱帯夜」「暑し」など暑い季語の並んでいるのが、夏の歳時記である。だのに、なぜ「涼し」?

やがてわかってきた。「だのに」ではなく「だからこそ」なのだ。暑いからこそ涼しさを求め、たまさかもたらされる涼しさに敏《さと》くなる。秋は求めるまでもなく涼しく、感覚を研ぎ澄ませなくても涼しいのだ。

「打水」「葭簀《よしず》」「金魚鉢」「釣忍《つりしのぶ》」「風鈴」など涼をとるための物はいろいろあり、これらも夏の季語である。打水、葭簀は温度を下げる効果があり、環境に負荷をかけない暑さ対策として再評価されている。釣忍とは、シダの仲間のシノブグサの根茎を束ねて玉などの形にし、軒先に吊るす物。滴るほどに水を遣り、青々と葉を茂らせるようすが涼しげだ。

釣忍や金魚鉢、風鈴などは直に温度を下げる物ではない。見て、聞いて涼しさを感じる。温度を下げる手だての限られていた頃は、暑さの中に感覚的な涼をとることに意を用いた。

涼しさや鐘をはなるる鐘の声

蕪村《ぶそん》

季語は「涼し」。「涼しさ」と名詞にして使っている。「はなるる」は離れる。涼しさと離れるとの間に因果関係はない。鐘の音が鐘に発して近くから遠くへ流れていくのはいつものこと。けれど作者はそこに涼しさを見出した。

音が鐘にまとわりつくように幾重にもはね返るのではなく、すうっと遠ざかって消えていく。作者の汗も引いていくのを感じた。時を告げる鐘で、ちょうど夕刻、暑さの和らぐ頃に打たれるのかもしれない。

風鈴も耳で涼をとる物。音は近所迷惑になるおそれもあり、家々の建て込んでいるところでは下げにくくなった。風の強い日ひっきりなしにあおられ鳴り続けると、かえって暑苦しい。家の中に吊るすのは一方法だ。そばを通るとき思いがけずふれて、チリーンと小さくひとつ。見た目も涼しげだ。

「金魚鉢」が夏の季語なのは、目から涼をとるからだろう。似た物が素麺の器。親といっしょに住んでいた頃は夏によく、素麺をゆでてガラスの大鉢に泳がせた。考えてみれば冷たくするだけなら、氷水とともに何らかの器に入れさえすればいいのだ。ガラスで涼しさを味わっている。

ひとり暮らしの今は大鉢の出番はないが、小鉢は使う。おひたし、胡麻《ごま》和え、ひじきの煮物、蒟蒻《こんにゃく》の炒め物など通年で売っている惣菜も、ガラスの小鉢に入れると涼しげだ。簾とか葭簀に似た物を、食卓に取り入れるのも涼しげ。コースターやプレイスマットに、そうした素材の物がある。私は家にあった寿司用の巻き簀を、自分では寿司を作らないので、プレイスマット代わりにする。皿の下に敷くと涼しげだ。器を季節で使い分けるのは、日本の食文化の特徴という。

もちろん「耳や目で涼をとれるはず。昔の人はそうしてきたから」と頑張ることはない。夏の暑さが、昔と違う。災害級の暑さという言葉をよく聞くようになった。熱中症で亡くなったケースが報じられると、おおげさでなく命に関わる暑さだと思う。

冷房の風が苦手な私は、つけるとかえって調子が悪くなると思っていたが、熱中症を経験してから考えを改めた。風向を自分のいない方に設定したり、自分のいるのとは別の部屋のをつけ「間接冷房」にしたり、直接あたらない使い方をしている。

冷房の適切な使用が呼びかけられるこの時期。命を守りつつ、プラスアルファの部分で、暑さの中に「涼し」を見出していた頃の知恵や工夫をまねていきたい。

土《ど》用《よう》

晩夏

七月の下旬から八月初めにかけてが土用。一年でもっとも暑い時期である。

土用は夏だけでなく、四季それぞれにある。立春、立夏、立秋、立冬それぞれの前日までの十八日間をいう。夏の土用は立秋の前日までだ。

しだいに土用というと夏の土用を指すようになった。俳句でも単に「土用」といえば夏の季語だ。

夏の土用を私たちに身近にしているのは、土用の丑《うし》の日の鰻《うなぎ》だろう。鰻そのものは高価であり身近とは言い難いが、その日が近づくと街のあちこちに鰻を供する店の幟《のぼり》が立ち、スーパーでも目につくところに置かれる。ふだん旧暦を意識しなくても、あれらを見るともうすぐ土用だとわかる。丑の日の当日は、老舗には行列ができ、道に面した台で焼く店もある。

容赦なき土用鰻の煽《あお》ぎやう

岸本葉子

「土用鰻」も季語になっている。バタバタと音のするほど威勢のいい煽ぎぶりは、往来へアピールするかのようだ。脂が炭に落ち、派手な煙が立つ。脂の香り、たれの焦げる香り。あの香りに思わず足を止めるのは、私だけであるまい。

土用の丑の日に鰻を食する風習の始まりは詳《つまび》らかでないが、江戸時代中期に平賀源内が広めたという説がある。エレキテルなる物を発明したと日本史で習った、博学のアイディアマンだ。鰻が売れなくて困っていた店に知恵を貸したとされている。

鰻は夏負けの薬になることは、『万葉集』の頃から伝えられていた。

夏の土用にとるとよいとされている物には、蜆《しじみ》もある。肝臓によく「土用蜆は腹薬」と呼ばれた。値段としてはこちらの方が身近である。「土用蜆」も夏の季語になっている。

もともと丑の日には「う」のつく物を食べるといいとされてきた。うどん、瓜、梅干。

私はこの時期、梅干しをよくとる。クエン酸で疲れがとれ、汗で失われる塩分も補われる。やわらかい梅干しで瓶の底に汁が溜まっていたら、水を入れて溶いて糖分を加えスポーツドリンクがわりに持ち歩くほどだ。

暑い時期は冷たい物を飲んだり食べたりすることが多いが、そればかりにならないよう気をつけている。冷えが胃腸を弱らせて、食欲がますます衰える悪循環になるおそれがあるという。

熱々の味噌汁は、案外と夏に合う。塩分を補って、何よりも味噌の香りが疲れを癒やす。味噌汁を作るためキッチンに立つのがまた億劫で暑いが、これもなるべく簡単にはすませる。春の「海苔」の項で紹介した鍋要らずの味噌汁だ。洗い物も少ない。保温ポットを使っている人なら、やかんすら火にかけずにすむ。

夏の月味噌汁匂ふ市の中

多代女《たよめ》

季語は「夏の月」。単に月だと秋の季語になるが、この句は夏。寒い時期でなく夏に味噌汁を詠んでいるのが印象的だ。

市の中を歩いている。他にもいろいろな匂い、人の汗の匂いや物の饐《す》えた臭いも漂っているだろう。

市中は物のにほひや夏の月　凡兆

夏の月で知られる句だ。さまざまな「にほひ」の入り交じる中、先ほどの句の作者の多代女は味噌汁の香りを特にキャッチした。月が上がる頃は、忙しさも昼間の暑さも一段落とてほっとする頃。そこへさらに味噌汁の香りがして、人心地つく。

市に代表される庶民の営み、わけても味噌汁という日常をいとしむ作者の思いが伝わってくる。日常は疲れるが、疲れを癒やすのもまた日常なのだ。

「甘酒」が夏の季語なのは、歳時記を読んで意外だったことのひとつ。冬の行楽地で売ら

れ、寒さの中暖を取るイメージがある。

飲む点滴といわれるほど栄養値が高いため、かつては暑さ負けしやすい夏に飲まれ、甘酒売りが町を売り歩くのが夏の風物詩だったそうだ。

私は小袋に入った物を家に置いてある。封を切って、湯呑みに半分ほど入れ同量の水を加え、電子レンジで温める。胃の腑に染み渡るようで、汗の出も促される。粉しょうが少々を振ると、汗の出はますますよくなる。冷房で汗をかきにくくなっているなら、おすすめだ。

簡単な方法で栄養をとり、汗もほどよくかこう。十八日間は長くはあるが、土用をしのげば立秋だ。

column

2

季語って、いつからある？

季語という呼び方を最初に確認できるのは、明治も終わり近くと、案外新しい。ただし先立つ長い歴史があり、古くは和歌の題詠にまで遡《さかのぼ》る。平安時代には、身分の高い人の出す題で詠むことが盛んだった。その中で、例えば「月は年じゅう夜空に出るが、秋の月に、もっとも月らしいよさがある」といった共通認識ができてくる。『古今和歌集』では、どの事物をどの季節のものとするかが、定着してきているのがわかる。

鎌倉・室町時代の連歌、江戸時代の俳諧へ発展する中、季語とは呼ばずとも季節の言葉を集めた本が、そのときどきで作られた。江戸時代の最初の俳諧歳時記といわれる本には五九〇語余り、江戸時代末期の歳時記には三〇〇〇を超える項目が立てられているという。「土用干《どようぼし》」「大根干」など生活感のある季語が増えているのが特徴だ。私たちからすれば「昔の人」である江戸時代の人々も、自分たちの暮らしのリアルを取り入れようとしたのである。

その後も増え続けている。今の季語のスタンダードとして紹介した文庫『俳句歳時記』の第五版の合本版では、主季語だけで二六五〇、傍題を含めれば七八九六を数えるということだ。

（『季語を知る』片山由美子・角川選書、『最新俳句歳時記　新年』山本健吉編・文藝春秋）

月

秋

ぶどう

紅葉

残《ざん》暑《しょ》

初秋

八月初旬の「立秋」から俳句の季節は秋になる。暦の上で秋になっても残る暑さが「残暑」である。

私の通っていた学校は、八月末までが夏休み。会っていない学校の友だちに夏休み中はがきを出すことは、小学校の頃はよくあった。立秋を過ぎて「暑中お見舞い申し上げます」と書いていると「残暑お見舞い」に直すよう親から言われた。暑さに変わりなくても挨拶《あいさつ》の文言は変わることになっている。暦とはそういうものらしいと、はがきのやりとりを通して知っていく。

今の小学生ははがきではなくスマホだろうか。学校が休みの間もつながっているのは、なかなかに窮屈そうだ。

今の小学生が逆に気を抜けるように思えるのは、サボったのをリカバリーする手だてが

あること。夏休みの終わりに宿題をまとめてするのは、昔からの光景だが、もっともつらいのが絵日記を後から書くことだった。他の子は雨と書いている日を晴れと書いて提出してしまうと、その日につけたのでないことが、先生には一目瞭然だ。特に気温は、後から調べようがなかった。絵日記には気温を書く欄もあるのだ。

「後悔先に立たず」を毎年感じる残暑の頃。気象台に電話で問い合わせる親もいたと聞く。

夏休みの話が長くなった。「残暑」は俳句の秋の季語である。

朝の間《ま》は片づいて居る残暑かな　千代女

「朝の間」は「朝のうちは」ということだろう。朝のうちは家の中がまだ片づいているけれど、これからまた散らかっていくのだろうなとあきらめ半分、家の中を眺めている。家族のいる人なら余計にだろう。一日が始まってしまえば、誰かが物を取り出したり置きっぱなしにしたりで、畳の上にも流しの中にも物が溜まり、積み重なっていくのが、片づいているうちから予想されてしまう。

明日も散らかっては片づけ、片づけてはまた散らかりの繰り返しの日々。暑さ疲れが蓄積している残暑の頃と合う。

繰り返しに倦《う》んで、けだるい思いに沈み込んでいるわけではない。「朝の間」の片づいているようすは、すっきりとして清新だ。朝の涼しさも感じる。

夏の暑さと少し違う、面白いところを詠んでいる。

「残暑」は「秋暑し」ともいう。この季語で詠まれた句も多い。

秋暑しけり鳴く方の潮ひかり　暁台《きょうたい》

「秋暑し」で切れ、「けり」は鳥の名だ。千鳥の仲間の鳥で、水田や川、海の干潟に生息する。大きさは鳩《はと》くらい、頭と背中は灰色をしている。「ケリリッ」「キリッキリッ」と甲高い声で鳴く。印象的な鳴き声が、名前の由来となった。

「けり」は夏の季語だが、夏の季語となっているものを秋に詠んでいけないわけではない。

実際に目や耳にしたならば、別の季節の季語とともに一句に入れることはある。俳句を作りはじめて間もない頃は約束事を外れることをとにかくおそれ、吟行先で何かを見たり聞いたりしても、歳時記を引いて別の季節の季語になっていると詠まないようにしていたが、要らない心配だとわかった。

この句は「潮」とあるから海の干潟の景だろう。鋭い声の方を見ると、潮がぎらりと光っていた。短く強い声とぎらつく光。作者はそこに秋の暑さを感じた。

秋に入ると涼しい日も経験するだけに、ぶり返す暑さはつらいもの。長く続くわけではないけれど身にこたえる暑さを、音と光で二重に表している。

秋暑し川波川を出でずして　岸本葉子

この句も「秋暑し」で切れる。川に波が込み合っている。風で波立ち、船が通るとさらに波立ち左右へ送られるが、コンクリートの護岸に押し返される。河口近い川では、満ち潮の時間帯だと、海から溯ってくる水の圧もある。どこへも出られずせめぎ合い、その場で上下を繰り返す波には、疲れが感じられる。

波の上に照っている、秋の光の濃さも感じていただけるだろうか。

ちなみに秋の太陽やその光をいう季語に「秋の日」「秋日《あきび》」がある。天文の季語であり、秋の一日をいう時候の季語の「秋の日」「秋日《しゅうじつ》」とは別である。

私がある句で「秋日濃し」と詠んだら、俳句歴の長い人に指摘された。濃いという意味は、季語「秋日」の中に含まれているから言わなくていいと。歳時記で「秋の日」の説明を読むと「まぶしく美しい秋の太陽、あるいはその日差しをいう」とあった。行楽の秋。車の中で夏より油断していたら、気がつけば窓越しに日にあたって顔が火照っていたとか、日差しに疲れていたとかいうことはないだろうか。

実際には「薄い」光のこともあろうけれど、俳句に親しんでいる人が「秋日」という文字を見たら、濃い光をまず思い描くと、私に指摘した人は言った。季語の本意といわれるものだ。俳句が少ない言葉で多くを伝えられるのは、季語によって想起される共通のイメージがあるからである。

秋の「薄い」光を詠んでもちろん誤りではない。が、読み手の頭に浮かんだイメージ

をいったん消して別のようすを打ち立て直すことを、短い五七五の中でするのは、たいへんな力業になりそうだ。

残る暑さを暮らしの面でとらえれば、エアコンの設定ひとつも難しい。夏と同じにかけて寝て、明け方腕が冷たくて目が覚めることはよくある。夜と朝の気温の差が出てくる上、夏の疲れが溜まっている。

その日の疲れをその日のうちにとって、翌日へ持ち越さないのが理想。睡眠はだいじだ。風呂は、ぬるめの湯に浸かる。血の巡りをよくして温め、むくみをとる。暑いと、熱めの湯にさっと入る方がさっぱりしそうだが、ぬるめの方が体を休める神経が優位になるという。温度の表示できるお風呂なら四十度までに。

長引く暑さのもとでは、食欲がなかなか回復しない。私はお酢をよく使う。いつものおひたしやいつもの麺に一滴、二滴落とすと、さっぱりした味になり食欲が出る。酢は消化の助けにもなる。中華の固焼きそばを食べるとき卓上の酢を回しがけする人がいるが、あの食べ方がよくわかる。この時期の私は油物に弱くなってしまっている。

夏は素麺など、すする食べ物が気持ちよかった。よく噛《か》んで食べることを思い出さねば。唾液がよく出て消化を助け、胃の負担を減らす。収穫の秋を旺盛な食欲で迎えられるよう、体調を整えておきたい。

秋

花火《はなび》

初秋

八月には多くの花火大会が行われる。中でも大きな大会が「全国花火競技大会」。秋田県大仙市の雄物川《おものがわ》の河川敷で開催される。市町村合併前は大曲市であったため「大曲の花火大会」として親しまれている。

川原におおぜいの人が詰めかける。桟敷席、敷物を広げて座る自由観覧エリアの他、会場外で眺める人もいる。たいへんな混雑で、周辺の道路は前日から渋滞するということだ。私はもっぱらテレビ桟敷で観覧。長年見ていると、前より見やすくなった気がする。前は煙がもっと白く映っていたように思う。映像技術の進歩だろうか。

大会を締めくくる特大花火が打ち上げられ、最後の光が虚空に消えると、さびしさをおぼえる。この夏も終わりだなと。

東京の花火大会で全国的に有名なのは、隅田川の花火大会だ。隅田川から離れた私の家の付近でも、電車に乗ると浴衣の人が多くて、そういえば今夜だったと知る。色とりどりの浴衣に身を包んだ人で、いつもの電車がはなやかになる。

夏の風物詩として定着した花火大会。「花火」は歳時記の夏の部に載っている。

いくつかの歳時記には、秋の部にもまた「花火」が載っているのだ。説明によると、江戸時代の歳時記には「花火」を「送り火」と並べて、秋の季語としていることが多い、お盆の景物と考えられていたからだろうと。「送り火」はお盆にこの世へ戻ってきていたみたまを、あの世へお送りするために焚く火である。「お盆」や「送り火」は秋の季語となっている。

景物とは、なじみのない言葉かもしれない。四季折々の自然の眺めや風物、その季節に趣を添えるものと、辞書では説明されている。代表的なものに花、月、雪、時鳥《ほととぎす》、紅葉の「五箇の景物」があり、古くから和歌の季題とされてきた。

花火の話に戻れば、隅田川の川べりで初めて大々的な花火が打ち上げられたのは、江戸時代中期の享保十八（一七三三）年。前の年の江戸では疫病と飢饉《ききん》により多くの死者が出た。亡くなった人の霊を慰めるために打ち上げられたと伝えられる。

その年以降も花火は、川開きから三か月間頻繁に打ち上げられた。江戸の夜空にはしょっちゅう音が響き、見物に行かない人にも聞こえ、小さく見えていたことだろう。川開きから三か月の間にはお盆が来る。当時の江戸の人にとって花火は、お盆の時期につきものの趣深いものであり、死者の霊を慰めるため始まったと伝わる由来とも重ね合わせたのかもしれない。

歳時記の秋の部に載っている俳句には、送る雰囲気が感じられる。

浮舟や花火落ちゆく闇のかた　太祇

夜空にひらく花火は水面にも映り、夢のようにきれいだろう。が、落ちていく方は「闇」。はなやかな世界とは別の世界だ。

浮舟は、作者が舟の上にいるのだろうか。それとも作者は岸にいて舟を近くに、花火を遠くに見ているのか。いずれにせよ「浮舟」の漂いやすさが頼りなく、哀れでもある。

星一つ残して落つる花火かな

抱《ほう》一《いっ》

「落つる」は、落ちるの意。夜空を彩っていた花火は、燃えかすのように落ちて見えなくなる。行ってしまった。送り火としての花火を見ていたなら、亡き人があの世へ帰ってしまったことを感じるだろう。

それでも全き闇ではない。星がひとつ残っている。私は消えない、ここにいる、あの世から見守っているという、亡き人からの合図だろうか。

送り火といえば、京都の五山の送り火「大文字」もそのひとつだ。秋の季語となっている。お盆の最終日の夜、京都の東山の一峰の山腹に、大の字の形に組んだ薪に火を点ける。

大曲の花火同様、見るとしたらテレビだったが、ある年縁あって京都で見た。町中の山の見えるお宅である。初めて現地で、現地の人とともに見て、由来がしみじみ身にしみた。

当日は実施が危ぶまれるほどのたいへんな雨。その人の家で待つほかなかった。実施の報が入ると、家じゅうの灯りを消して屋上へ出た。店舗を兼ねた二階建てで、三階にあた

る高さに屋上がある。

点火に際して京都の人はいっせいに家の灯りを落とすそうだ。ビルのネオンも。往来のバスやタクシーもヘッドライトを消すという。送り火への、送る人への敬意を感じた。山腹にたいまつらしき物はちらつくが、濡れた薪にはなかなか点かずにいるようだ。やっと点いても切れ切れで、なかなか大の字にならない。屋上にいる私たちも雨に打たれ、レインウェアにしみてくる。

なおも待ち続け、ようやく大の字が立ち上がったとき、家の人が言った。「さあ、手を合わせて下さい。ご先祖様がいっせいにお帰りになりますよ」。灯りを消し動きも止めて、町全体が心ひとつにご先祖を見送っているかのようだった。送り火という行事の本義を体感した。

その年はちょうど親をあの世に送ったばかりだったためもあろう。いっせいに帰っていくみたまには「先祖になりたて」の新しいみたまがいくつも交じっているだろうと想像した。

大の字が消えるまで、三十分くらいだったか。切れ切れになり、燃え残っていた最後の点も闇に吸い込まれるように見えなくなると、入れ替わりに家々の灯りが、信号が灯り、車の往来が再び始まる。人のざわめきも戻ってくる。

　見送る間詰めていた息をふうっと吐いて、町が動き出すような。信号に溜まっていた人はこれからバス停なり地下鉄駅なりへ向かうのか。

大文字果ててこの世の人いきれ　岸本葉子

「果てて」は、終わってということ。人いきれは、大勢の人から発せられる熱や湿気だ。大文字が終わって我に返れば、群衆の中にいて、周囲が動き出すところだった。蒸し暑さと同時に、周囲の誰もが生きていることを感じる。死者は何も発しない。

　あの世へ見送った私たちはこの世にいて、日々の続きを始めないといけない。お盆が終われば、元の日常に戻る。失った人がどんな人であろうとも、立ち止まっていることはできないのだ。

各地の花火大会は調べると、それぞれ謂《いわ》れがあるようだ。戦没者の慰霊、震災で亡くなった人の鎮魂と復興への祈りなど、謂れをあきらかにしているものもある。見に行く機会があったなら、由来や込められた思いも知って臨みたい。

敬《けい》老《ろう》日《び》

仲秋

夏休みが終わった次の月、九月に祝日が二回あるのはほっとする。敬老の日と秋分だ。敬老の日は九月十五日であったのが、二〇〇三年から九月の第三月曜と変わった。

「敬老の日」は秋の季語として歳時記に載っている。しかし、手元にある歳時記で一九六四年刊のもの（『図説　俳句大歳時記　秋』角川書店）にはない。代わりにあるのは「年寄りの日」「老人の日」。歳時記には「年寄りの日」とあったが、公的に使われた名称は「としよりの日」で、一九五一年から全国でさまざまな活動が推進された。一九六六年に「敬老の日」として国民の祝日に定められた。

敬老の日や仕出屋のライトバン　岸本葉子

仕出は、和食の料理や会席弁当を客のもとへ届けるものである。器が塗り物であったりお吸い物が付いてきたりと、買ってくる弁当より一段豪華で、正式な感じがする。仕出店の車を家の近辺でときどき見かける。白いライトバンに店名と「お祝い事、お茶席、法事に」といった文字が書かれている。

秋の穏やかな休日に住宅街でその車を目にすると、敬老の日らしいと感じる。どこかの家で、離れて住む子どもたちが集まって長寿を祝うのだろうか。ほっとする光景だ。

顔つつむ敬老の日の蒸しタオル

水原秋《しゅう》櫻《おう》子《し》

理髪店のシーンだろう。高齢の父の付き添いで理髪店へ行っていた頃を思い出す。理髪店には「総合整髪」というコースがあり、洗髪、散髪のほか髭《ひげ》剃《そ》りまでして、仕上げに蒸しタオルで顔をつつむ。父は散髪の途中から眠ってしまっているのだが、湯気の立つタオルに蒸し上げられた頬はやわらかげで、いかにも気持ちよさそうで「九十近くで初めて体験するメンズエステだな」と見ていて思った。

初老の夫婦の営む理髪店だ。父を連れていった私は、後ろの椅子で待つのが常だが、店主の妻が私にささやくことがある。「四十分ほどかかりますから、お出かけになってもいいですよ。今日は私もずっといます」。二人で見ているのでだいじょうぶだから、四十分あればすませられる用事とか息抜きとかをしてきたらどうか、という意味だろう。介護中はひとりで動けるときがなかなかない。妻も介護の体験者だろうか。高齢者のいる家族の状況をよくわかっている人だと感じた。

この句の作者は、顔を包まれるのを見る側でなく、包まれる側だろう。ふだんは散髪のみですませているのを、敬老の日ということで蒸しタオル付きのコースを自分に奢《おご》った。祝いの式典に出席したり、家族が来たりするなら、前もって理髪店へ行っておきそうだ。当日に来ているのは何も予定のない人。

敬老の日をひとりで過ごす境遇でも、さびしい雰囲気はなくささやかな幸せと満足を、句から感じるのは「蒸しタオル」ゆえだろう。読み直せば、理髪店とはまったく言っていないのに「蒸しタオル」だけで場面を作り上げている。小道具の選び方の冴えである。

タオルで思い出すのは、私は洗濯物をたたむうちのフェイスタオルだけ父に頼んでいた。

敬老の日のテレビにヒントを得た。長寿国の日本。その日のテレビには九十代、百歳代で元気な人が登場する。うちのひとりの女性が洗濯物をたたむようすを披露していた。家では一手に引き受けているそうだ。広いホールでの催しの中継で、ステージに畳敷きの一角が設けられていた。ふだんの暮らしになるべく近い環境を用意したのだろう。

そうはいってもおおぜいの観客の前。ライトもあたる。緊張で動けなくなってしまうのではとハラハラしたが、正座した女性は実に手早くたたみはじめた。タオル、ワイシャツ、孫の物らしき小さなＴシャツ。形がバラバラだったり複雑だったりする物を次々にだ。

たたみ終えて万雷の拍手を浴びる頬はつやつやと輝いていて「これだ」と私は思った。役に立てるという実感が、これほどのはれがましさ、誇らしさをもたらしている。年をとるとどうしても人の助力を得る場面が多くなるが「助かりました」と言うばかりでなく言われることが、心をより元気にするのだ。

女性の家族もあっぱれである。高齢者が役に立てる場を作り出している。催しへの参加も本人が直々に申し込んだとは考えにくく、家族がエントリーしたのだろう。洗濯物たたみをステージで披露するまでの経緯を想像すると、心温まるのだった。

老人の日栗飯を媼《おうな》はこび来し

長谷川かな女

祝いの膳を店でとっていたら栗飯を運んできたのが高齢女性だったという句。敬老の日にありそうな現実であり、少しシニカルでもある。祝われる老人もいれば、この日に働く老人もいる。働いて身を養っているのか、張り合いのためか。いずれにせよ必要なのだ。

新聞を読んでいたら九十歳の人からの投書があった。新聞に載っている四百六十字のコラムを毎日書き写しているそうだ。四百六十字は小学校で使う原稿用紙一枚と少しだが、この歳になると四百六十字の作文をするのでなく単に書き写すだけでも、たいへんに時間がかかる、けれど張り合いになっているという。毎日、というところに凄《すご》みがある。続けることの底力のようなものを感じた。

高齢者についてよく言われるのが「きょういく」と「きょうよう」が必要だと。「今日行くところ」と「今日の用事」である。出かけることが難しくなったら「今日行くところ」は持てないけれど「今日の用事」は持てる。取り組むべきことや目標だ。投書の人にとっては四百六十字を書き写すこと。「今日の用事」は自分で作り出せるのだ。

菊《きく》の節《せっ》句《く》

晩秋

「敬老の日」は新しい季語だが、九月に長寿を祈る行事は古くからあった。九月九日の「重《ちょう》陽《よう》」である。「菊の節句」とも呼ばれる。

旧暦の九月九日頃は菊の咲く時期。中国ではこの日に、菊の花を浮かべた酒を飲んで長寿を祈ったという。日本でも平安時代から宮中で菊の宴が催され、民間へ広まった。「菊の節句」は俳句の季語になっている。

朝露や菊の節句は町中も　太祇

「町中も」というところに、菊の節句が広く祝われていたようすが表れている。

菊の花には邪気を払う力があるとされ、その力をいろいろな形で取り込もうとした。九

月九日の朝、菊に降りている露も、そのひとつだ。前の晩から菊の花を綿で被って、花に降りる露と花の香りをしみ込ませる。その綿で体を拭くと長寿を保てると信じられた。「町中」のあちこちの家の前で、鉢の菊に綿がかぶせられているようすを詠んだのだろう。

綿を「菊の被綿《きせわた》」と呼ぶ。「菊の着綿」と書くこともある。これも俳句の季語になっている。

綿きせて十程若し菊の花　一茶

季語「菊の着綿」をいわば分解して詠み込んだ形である。十歳ほど若いとは、菊が綿帽子を被ったようで初々しいとも、菊の露のおかげで自分が若返ったようだともとれる。菊の花に焦点があたっているから、前者が主で、後者の期待感も込められているといったところか。

今ではあまり行われなくなった「菊の被綿」だが、私は展示館で再現してあるのを見た。古い屋敷を展示館にしてあった。

奥座敷菊の被綿なるを手に

岸本葉子

「なる」は伝聞の「なり」の連体形である。「これが、話に聞く菊の被綿というものか」と、しげしげと手にとってみた。古い屋敷を展示館にしてあるところで、と長々と述べることはできないので「奥座敷」に格式のある家のようすと静けさと、改まって手にとるようすを託した。

訪ねたのは昼頃で、綿は乾いてしまっており、香りもほとんどなかった。が、いっときのものでしかない朝露、すなわち永続性のないものに長寿を願うところに、命を守る手だての少なかった昔の人の祈りを、かえって切に感じた。

「菊枕」という季語もある。棺の中に横たわるようすを想像してしまう人が少なくないが、これも菊の節句の習わしのひとつ。菊の花を摘んで干した物を詰めた枕をいう。邪気を払う力があり、重陽の日に花を摘むのがよいとされた。香りを楽しむものでもあった。

ぬひあげて菊の枕のかほるなり

杉田久女

「ぬひあげて」にひと針ひと針願いをこめて作ったことが表れている。

菊の節句は明治以降盛んでなくなっていったが、菊を味わう習慣は細々と続いている。食用菊だ。エディブルフラワー（食用に供する花）の日本における代表例である。

刺身のつまとして付いてくる小ぶりの黄色い菊は、食べる人は少ないだろう。実際に食べるなら「もってのほか」がおすすめである。紫色で、花びらが刺身のつまの菊より長く、筒状の形をしているためしゃきしゃきとした歯ごたえが快い。味は少々苦味がある。

さっとゆでて大根下ろしと甘酢で和えた菊なますが、すぐに作れて彩りが美しい。青菜のおひたしに少し混ぜてもきれいだ。もっとも簡単なのは、酒に浮かべて飲むこと。菊酒を飲んで長寿を祈った昔の菊の節句の祝い方を追体験できる。

私も無病息災とまでは欲ばらないが、一病息災くらいで長くいければと願っている。

新《しん》米《まい》

三秋

食べる話をするならば、秋といえば「新米」だ。今年収穫した米のことで、いうまでもなく秋の季語である。歳時記では、乾燥して籾《もみ》摺《す》り機にかけ米撰《よ》り機から迸《ほとばし》り出る玄米を新米というと、臨場感に溢れた説明がされている。初穂として神社や寺へ持って参り、家々の神仏にも供えられ、秋祭りも新米の収穫を祝うものであったという。

新米の金のシールの袋かな　　岸本葉子

私はいつも決まったところへ米を注文していて、十月の半ばが新米への切り替わり期にあたる。届いた袋に「新米」と印刷した金色のシールが貼られていると、いつもと同じ袋であっても特別な感じがし、今年もこの時期が来たのだと思う。

新米にまだ草の実の匂ひかな　蕪村

届いた袋の封を切ったときの香りは、目をつぶってしばらくかいでいたいほど。この句の「草の実」という言葉にハッとした。ひと粒ひと粒となった姿からは忘れそうだが、たしかに米は稲という草の実だ。苗を植え、夏には青々と伸びていた。穂が出て黄に色づき、重みで垂れて収穫を迎えるまでの月日を思う。

夏から秋は大雨のニュースが多い。収穫を前にして泥水に浸かった田のようすには胸が痛む。日照りを乗り越え、獣害や虫害、病害も避けてここまで育ててきたのに。だからこそ無事に収穫できたよろこびはこの上ない。「一粒の米には七人の神が宿る」といわれる。水、土、風、虫、日、雲、作り手のどれひとつを欠いても米はできないと伝えている。虫は、米にとっての害虫を食べるトンボなどのことだそうだ。金色の田んぼにトンボの群れ飛ぶようすは、日本の原風景のひとつであり、自然の摂理を表すものだ。

刈り取りを終えたばかりを詠んだ句がある。

かけ稲やあらひあげたる鍬《くわ》の数

白雄《しらお》

季語は「架稲《かけいね》」。刈り取った稲を束ねて干すことだ。かけ終えた近くには、洗い上げた鍬。「数」というから数多くあるのだろう。きれいに洗い上げて並べた鍬が、充実感と誇らしさを表している。

干し方はさまざまで、収穫の時期に旅すると、列車の窓から目にするだに「この地方ではこういう干し方なのか」と興味深い。刈り取りを終えた田に、笠をなすように積み上げてあるところ。田に立てた柱に物干し竿《ざお》のような棒を渡してかけてあるところ。柱と棒の木組みを「稲架《はさ》」という。「はざ」とも「いなか」とも読む。

以前収穫の手伝いに行った知人の家では、稲架に干していた。刈り取って束にした稲を、肩の高さに振り上げてかける。干す前だからたっぷりと水分を含んで重い。力が要るが、その重みが頼もしい。さっきまで生きて土から養分を吸っていたこと、実の詰まっていることを体で感じる。小さな田で、収穫した米は家族で消費するそうだ。

同じく旅先でよく見かけるものに「コイン精米機」がある。車で行くと道端に小さな建物があり、看板で精米機だとわかる。ガラス戸の奥に機械があるようすは、コインランドリーやＡＴＭに似ている。先述の知人の家は、収穫後玄米で保存しておき、ときどき精米に行くという。玄米は籾殻を除いて、皮はつけたままの物で、精米してとっておくより風味が損なわれない。

　私の住まいの近所にはコイン精米機がなく、代わりに家庭用の精米機を置いている。一回に精米できるのは五合まで。保温ポットほどの小ささだ。いつも注文するところから玄米で送ってもらい、玄米のままか、胚芽の残るくらいにして炊く。

　新米の封を切ったときは、白米にして炊く。白米にまで精米すると、量にして玄米から十五パーセントほど少なくなる。日本酒を作るとき米を削ることを「磨く」といい、大吟醸では五十パーセント以下にまで磨くという。白米のでんぷん質主体の純な味わいに「これはご飯の大吟醸というべき」と感じる。消化もよい。他方、胚芽米や玄米の雑味や繊維質も捨てがたい。

　新米が登場すると、家に残っている米は古米の位置づけになる。古米には古米のよさがある。届いた新米を昨日までの水加減で炊くとやわらかすぎて失敗するのは、古米は新米より水分が抜けているということ。炊くときの水をよく吸うため味がしみやすく、炊き込みご飯に向いている。茸《きのこ》、栗など炊き込みご飯にしたい物がこの時期にとれるのは、天の配剤と思われる。

新米に比べてべたつきにくいため、寿司飯にはあえて古米を用いたり新米と混ぜて使ったりするそうだ。それぞれの特徴を生かして残さずいただこう。

秋《あき》灯《ともし》

三秋

日が暮れるのが早くなった。暗くなると、家々の灯りが目につくようになる。あの窓の中では、温かい食事が用意されているのだろうか。日によっては肌寒いこの頃。早く家に帰りたくなる。

俳句に「秋の灯《ひ》」という季語がある。「秋灯《あきともし》」「秋灯《しゅうとう》」ともいう。

秋の灯やゆかしき奈良の道具市　蕪村

「ゆかしき」は心ひかれる、慕わしい、懐かしい、の意だ。道具市は、辞書を引くと古道具を売る市とある。今も神社や寺の境内にときどき立つ。

めずらしい物ではない。笊《ざる》、蓑《みの》、鋤《すき》、鍬、鍋、鉄瓶など家でも用いている見慣れた物ばかりだろう。しかもピカピカの新品ではない。使い込まれて、すり減ったり木の柄には脂がしみついたりしているだろう。けれども目にとまり、心ひかれる。

何のへんてつもない道具を「秋の灯」がゆかしい物に見せるのだ。ゆかしさをかもし出すのに「奈良」の地名も効いている。

春には「春の灯《ひ》」「春灯《はるともし》」「春灯《しゅんとう》」の季語がある。似ているが趣が違う。先に出た言葉でいえば本意が異なる。

春は朧《おぼろ》だ。朧夜に潤んだ灯りはどことなく艶である。あでやかさやはなやぎのある灯り。季節が暖かさに向かうこともあり、心浮き立ち遊興へと誘う灯りだ。対して「秋の灯」は家路へ誘う。

思い出すのが鈴木三重吉の『岡の家』という物語。題名でピンと来なくても、あらすじを紹介するとうなずかれるかたも多いだろう。

岡の上に一軒の貧しい家があった。その家の少年は毎日よく働いて、夕方遠くの岡に金の窓の家を見るのが習わしだった。日が沈むときいつも金色に輝いていた。

よく働くごほうびに、ある日親が休みをくれた。少年は金の窓の家を訪ねてみることにした。歩きに歩いて着いた家には少女がいて、自分も毎日金の窓を見ているという。指さしたのは他ならぬ少年の家。

少年は家路を急いだ。帰り着いたとき辺りはすっかり暗くなっていた。窓にはランプの灯や炉に焚く火が温かく点って。少年は自分の家にも金の窓があると知った。

物語には、季節がいつとは書かれていないが、私は秋を想像する。夕日を受けた窓は金色に見えるが、日の沈んだ後も輝きは失われなかった。家の中からの光によって。

すでに持っているものの価値に気づく。「ここではないどこか」を探し求めていった末、元の居場所に発見する。光を放つものの本質をつかんだこの物語には「秋の灯」が似つかわしいと感じるのだ。

「春の灯」は心が浮き立ち、外へと誘う灯りと言った。「秋の灯」は自分の内側へ静かに沈潜していく雰囲気がある。勉学や仕事に勤しむ灯りとして詠まれることが多い。

秋の灯や藍《あい》摺《ずり》にせし原稿紙

岡野知《ち》十《じゅう》

原稿紙は「原稿用紙」。「藍摺」は辞書で引くと版画用語で、藍を用いて紙に花鳥などの模様を摺った物とある。ここでは、枡目《ますめ》の線が藍の原稿用紙を選んで買ってきたということか。それともほんとうに一枚一枚藍で摺って、模様や自分の名まで入れた原稿用紙を注文して作ったのか。いずれにせよ作者が自分に許した贅沢であり、夢でもあっただろう。

原稿用紙を机に広げ、その前に座る。枡目はまだ空であっても、愛用の原稿用紙と向き合っているだけで心が満たされる。灯の輪の中に、ひとりの世界が成立している。秋の夜長。暑さ寒さに煩わされず集中できる季節である。

唐の詩人、韓愈《かんゆ》は息子に宛てて手紙に書いた。「時秋にして積雨霽《は》れ、新涼郊墟《こうきょ》に入る。灯火《とうか》稍《ようや》く親しむべく、簡編巻舒《けんじょ》すべし」。気候がよくなり涼しくなったから、灯火に親しもう、書を読もうと促すもの。「簡編」は書物のことで「巻舒」は巻いたり広げたりすること。明治には日本で知られていた文言らしく、漱石の小説にも引用されている。「読書の秋」の由来とされる。

韓愈の手紙の言葉により近い「灯火親しむ」という季語もある。

灯火親しむ四人の食器片付けて

岸本葉子

「四人の食器」は家族の食器と考えても、寮など共同生活をしている仲間の食器と考えてもいい。

忙しく日々を送る中、本なり原稿用紙なりにゆっくりと向き合う時間はそうそう持てるものではない。すべきことを終えて一日のしまいの方でようやく、本を読んだり日記をつけたりする時間を持てる。役割から解放されたひとりの時間。家族や仲間への役割を果たすことにも張り合いはあろうけど、それとは別の充足感だ。

生活評論家の故吉沢久子さんのお宅を訪ねたことがある。九十歳を過ぎてもなお地方紙に週一回の連載を持っていらした。

台所に机があって、そこで書いているということだ。長い間文章を書く仕事をなさっていることからは意外でもあったが、納得感もあった。

絵に描いたような書斎を誰もが持っているわけではない。さっきまで食事をしていた机を片づけ、洗い物まで終え、家族がいる人なら家族が寝静まるかそれぞれの部屋に引き取るかしてようやく、気持ちも一段落して、自分の時間が持てる。雑事に追われていた場所が、自分だけの居場所に変わるのが、おおかたの現実だろう。

雑事に埋もれそうな日々だからこそ、束の間の読み書きの時間がかけがえのないものとなる。昔文学少女だった、文学青年だった人は、若い頃の自分に返る時間かもしれない。いずれ誰もがひとりになる。本は時空を超えてさまざまな人と対話できる。自分との対話にもなる。ひとりが苦にならず、むしろ貴重に思える。

日記もまた自分との対話だ。一日のできごとを振り返り、あのときの気持ちは悔しさか、でも悔しさにとらわれているのは自分らしくない、代わりにできることは何だろう、などの自問自答を文字にすることで、堂々巡りから抜け出せる。

来るべきひとりの人生のためにも、秋の夜長を機に読み書きの習慣を持ちたい。

後《のち》の月《つき》

晩秋

秋といえば「月」。和歌の時代からの伝統的な季語である、月はもちろん一年中空にあるが、空気の澄み切る秋にもっとも美しく照りわたる。

十五夜の月見は広く行われる風習だ。旧暦八月十五日の満月を愛でる。「兎《うさぎ》、兎、何見て跳ねる」の歌とともに、子どもたちにも知られている。私も親の家にいた頃は、縁側に芒《すすき》を生け月見団子を供え、月の出を待った。まん丸な月が上がると、月の影に兎の形を探した。蟹《かに》の形だとも聞いた。

十五夜の後にもういちど月見をする習わしをご存じだろうか。旧暦九月十三日の「十三夜」である。旧暦八月十五日からほぼひと月のちの月なので、「後の月」といい、こちらも秋の季語になっている。

かつては十五夜の月と「後の月」の両方を愛でた。どちらか片方しか見ないことを片見《かたみ》月《づき》といい、縁起のよくないこととされたそうだ。「後の月」を見ている俳句を紹介する。

水かれて池のひづみや後の月　蕪村

水がほとんどなくなった池は、満々と水を湛《たた》えていた頃と形が変わって、歪《いびつ》になっている。中秋の名月からひと月も経てば、季節は冬へ近づいて、自然界に衰えが見えはじめる。月見も十五夜のときのようなはなやかさはないだろう。

歪な池の形は月の形と重なる。十三夜の月は満月には足らず欠けている。天の月と地の池とがシンクロする。

池は干上がっているか、水が残っているとしてもほんのわずか。だが不思議なもので一句に「池」と「月」という言葉があると、おのずと池に映る月が思い浮かぶ。言葉が連れてくるといおうか。特に「池」と「月」については、満月の晩に平安貴族がきらびやかな竜頭船を池に出し水面に映る月を愛でたことを、私たちは知っている。観月の宴である。賑やかな満月が心の目にいったん見えてから、後の月の今はないと気づき、さびしさがま

さる。そうした仕掛けが、この句にはあると思える。

ちなみに「水涸《か》る」は今の俳句では冬の季語である。

月見の風習は中国から伝来したといわれる。けれども「後の月」を見る風習は、中国にはなく日本独特だそうである。

まん丸な月ではなく少し欠けた月を愛でるところに、日本人らしい美意識があるように思う。不完全を愛でるといおうか。やきものを例にとれば、左右対称でなかったり厚みが均一でなかったりするところに趣を見出す。釉薬《ゆうやく》のかかり具合のむらや、重ねて焼くとき間に入れた粘土の玉の跡などが、価値を損なわずむしろ鑑賞の対象になる。

不完全なものを愛でる心性は、十五夜のときも実は表れている。それを表す季語のひとつが「雨月《うげつ》」だ。「雨名月《あめめいげつ》」「雨の月」「月の雨」ともいう。十五夜に雨のため月が見えないことであり、せっかく月見を楽しみにしていたのに、残念そうだ。けれど「あいにくの雨」がないのが俳句。雨なら雨の月を詠むだけのこと。

雨の月どこともなしの薄明り

越人《えつじん》

名月に雨になったが、どことなく薄明るいと言っている。しっとりと濡れる夜、天のほの明るいところを振り仰ぎ、あの辺りに月は隠れているのではないかと想像する。雨の音に耳を傾け、弱まってきたら、雲が切れていっとき月が見えるだろうかと期待する。それも月見。月見の楽しさは、ひと通りではない。

学校の古文で習った『徒然草』の月についての一節にもあった。「花は盛りに、月はくまなきをのみ見るものかは。雨に向かひて月を恋ひ、垂れ籠めて春の行方知らぬも、なほあはれに情け深し」。月はかげりないようすばかりを見るものではない。雨に向かって月を恋うのも、いっそう趣のあるものだと言っている。

「あいにくの雨はない」というのは、俳句を作る人がよく口にする言葉だ。花を詠もうとして満開の日に雨が降ってしまっても残念に思うことはない、雨なら雨の花を詠むだけのことだと。月についても同様だ。俳句に限らず、昔の人の心の持ちようなのだろうか。

「無月《むげつ》」という季語もある。「曇る名月」「月の雲」ともいう。名月の晩、雲がかかって月が出ていないこと。それも必ずしも残念とはとらえない。

二階へと無月の客を通しけり　岸本葉子

二階は、自宅の二階を想像していただいても、料理を出す店で古い一軒家のような造りのところを想像していただいてもいい。玄関に到着した客を二階へ案内する。和やかに交わされる挨拶。店ならば「何々様、お着きです」とはなやいだ声が上がるだろう。空が曇ってしまっても損なわれることのない、ふだんどおりの迎えの光景だ。

店ならば客は、月を観賞しやすい二階の座敷を名月の晩にわざわざ予約した。そのつもりでいたのが無月になってしまったからといって、不機嫌な顔で来るわけではない。ゆったりとくつろいで酒食を楽しみながら、雲の切れ間を待つのだろう。大人の遊び方への憧れを込めて作った句だ。

計画どおりに行かないことは世の中にいくらでもある。ありのままを受け入れつつ、望みを性急に捨て去るわけではない。余裕のある心の持ちようを学ぶ「無月」である。

芋《いも》

三秋

秋は畑や山のなり物が豊かな季節。十五夜には芋を供え、十三夜には豆や栗を供えたという。十五夜の名月を「芋名月」、後の月を「豆名月」「栗名月」とも呼ぶ。

「芋」というと今はさつま芋がまっ先に思い浮かぶが、俳句で単に「芋」といえば里芋を指す。さつま芋が日本に渡来したのは江戸時代だが、里芋ははるかに古い。俳句の秋の季語になっている。

「芋名月」の「芋」も里芋。その年にとれた里芋を水炊きして供え、収穫を月に感謝した。「芋」と「月」の関わりをよく伝える俳句がある。

三日月の頃より肥ゆる小芋かな

正岡子規

小芋が三日月の頃から太り、満月の頃には供えるのによい大きさになるのだろう。収穫への期待を感じる句。

十五夜に供えるのは、今は月見団子が主になっている。地方によっては里芋を供える習わしの名残が、月見団子の形に見られる。団子をまん丸に作らないで先を尖らせ、里芋の形に似せるという。

先祖返りしたつもりで、月に供えてある様子を想像してみた。

ひとつずつ影のありけり家《いえつ》芋《いも》

岸本葉子

季語は「家芋」。「里芋」の古い呼び方だ。「つ」は「の」の意味で、家の芋の意味である。月に向けて並べ置いたところへ月の光が皓々《こうこう》と差し、ひとつひとつの里芋の後ろにくっきりと影ができている。大きく育ったわが家の芋のみごとさと名月の澄み切った光を思い描いた。

家芋という呼び方に、自分たちで育てるものという位置付けが表れているように思う。

同じく秋の季語である「山芋」は山に自生する。「里芋」の「里」も「山」に対する「里」であろう。

　里芋は今では、和食弁当に甘辛く煮た物が一個だけ入っているくらいの位置付けになっているかもしれないが、もともとは日本人にとってもっと存在感のある物だった。里芋と日本人の関わりは古く、お米が主食になる前は里芋が主食だったとする説もある。稲作の始まったのは弥生時代。それより前の縄文時代に行われていた焼き畑農業では、里芋が中心的な作物だったという。白く、ねっとりしているのは、ご飯や餅に通じそうだ。ふかして塩や味噌をつけたり、醤油味で煮転がしたりは、昭和の代表的なおかずだった。

　前ほど食べられなくなっているのは、皮の剝《む》きづらさのためが大きそうだ。固く厚く、毛がピーラーにひっかかるので包丁で剝くしかないが、とろみで刃が滑ってしまう。

　先に加熱すると剝きやすくなる。その場合は加熱する前に、皮に切れ目だけ入れておく。里芋のまん中あたりに軽く刃をあて外側を一周させてから、蒸すなり電子レンジで加熱するなりすると、切れ目から手で簡単に皮が外れる。

　形をきれいに仕上げたいなら、生のを剝く方がよい。その場合は里芋を洗った後乾いてから剥くと、包丁が滑りにくい。とろみは濡れると余計に出るのだ。

洗い方については、ステンレスのザルに里芋を入れ、水を張ったボウルにザルごと浸けてタワシで洗うと、泥がかき落とされ、毛がザルの目ですり切れ、後の皮剥きがしやすくなる。

日本文化の基層にあって、もともとは身近な作物。扱い方を工夫してより頻繁に、ふだんの食に取り入れたい。

里芋の食べ方で全国的に有名になってきたのが「芋煮会」だ。東北地方の秋の野外行事である。河原へ大鍋を持って繰り出し、里芋、蒟蒻、茸、肉などを入れた汁を作っておおぜいで食する。山形の芋煮会のようすは映像でよく知られる。重機を動かし巨大な鍋をかき混ぜている。「芋煮会」も秋の季語だ。

味付けや具材は県によって少しずつ違うという。醤油味だったり味噌味だったり、入れる肉が牛だったり鶏だったり。私は東北の知人が多く、それぞれが自分のところの芋煮会を語り出すと止まらない。参加したこともある。仲間うちだけの小さな規模だ。あらかじめ家で切ってきた具材や芋を持っていって、河原で火を囲んだ。

石組めばすなはちかまど　芋煮会

岸本葉子

河原のところどころに煮炊きの跡があった。鍋を火にかけられる高さに石を組んであったり、石が煤《すす》けていたり。屋外で煮炊きをしていると、縄文人もかくやと想像がふくらんだ。石に腰かけ食べていたが、途中から石が冷たくなってきて、尻の下に新聞紙を敷いた。風も肌寒くなり、秋の日の落ちる早さを感じた。

芋煮会は東北では、春の花見と並ぶ二大野外行事という。収穫のお祝いもあるし、東北の秋は短い。雪が降りはじめるとこもるようになるから、今のうちに外を楽しんでおくのだと。

「芋煮会」は秋の中でも晩秋の季語である。車座になって食する背中へ、冬の足音が近づいている。

column

3 季語って、誰が決める？

複数の歳時記を読み比べると、こちらには載っている季語があちらには載っていないことが、ときどき起こる。例えば「幽霊」。『現代俳句歳時記』（角川春樹事務所）では「肝試し」「怪談」「百物語」「おばけ屋敷」とともに、夏の季語となっている。夏の夜に怖い話をして涼しさを味わう趣向からと説明されているが、『俳句歳時記』にはない。

歳時記にはそれぞれ編者がいる。すると季語かどうかは、編者が決めるように思われるが、それは一面的なとらえ方。詠まれなければ、季語になれない。

よく引かれる例が「万緑」という夏の季語だ。草木の生命力の盛んなさまをいう、昭和生まれの季語である。もとは漢詩にある言葉で、中村草田男が俳句に用いたところ、読んだ人の多くが共感し、以降季語として使われるようになった。逆に編者が、何かの言葉を季語として載せたところで、共感され使われなければ定着していかない。詠む人と読む人がいて、編者は後追い的にジャッジするのが自然なありかたに思われる。

季語は、私たちのあずかり知らぬところで定められ、与えられるようなイメージがあるが、案外と流動的で双方向的だ。未来の歳時記を作るのは、私たちといえる。

冬

うさぎ

千両

冬構《ふゆがまえ》

初冬

十一月初旬の立冬から季節は冬。年をまたいで二月初旬の立春の前日が節分で、文字どおり季節の分かれ目だ。節分までの約三十日間を「寒《かん》の内《うち》」といい、寒さがもっとも厳しい期間となる。寒に入ることを「寒《かん》の入《いり》」、寒に入る日を「小寒《しょうかん》」といい一月五日頃。一月二十日頃の「大寒《だいかん》」を経て、少しずつ春に向かっていく。いずれも冬の季語である。

冬の初めはまださほど寒さを感じないが、朝晩に急に冷え込むことがある。寒くて目が覚め、起き出して冬用の布団を探すことも。押し入れにしまいっぱなしで湿って重かったり、保管付きクリーニングにまだ入ったままだったりして、早めの支度に越したことはない。

俳句には「冬構」という季語がある。冬の初めの季語である。本格的な冬に向けて、寒

さや雪、風を防ぐ備えをすることで、家の中では、隙間風を防ぐ目貼りをしたり、家の外では筵《むしろ》や板で囲いを設けたり、庭木を藁《わら》でくるんだりする。

山畑や青み残して冬構　去来《きょらい》

「青み」に冬の初めの感じがある。山も畑もまだ枯れきってはいない。草や葉の緑が残る中、冬構えをしている。平易な表現で季節の移りゆきをとらえている。

「目貼《めばり》」「冬囲《ふゆがこい》」「雪囲《ゆきがこい》」「風除《かぜよけ》」などは、いずれも季語。面白い季語に「北窓《きたまど》塞ぐ」がある。

北向きの窓に戸を下ろしたり板を打ちつけたり筵で覆うことをいう。

台所をはじめ水回りはたいてい北側にあり、私が親と住んでいた家も、台所や洗面所は特に寒かった。窓には曇り硝子がはまっていた。ただでさえ日あたりが悪い上に、板などで完全に遮られたら、これから始まる冬の長さを思い、取り外す日が待たれるだろう。春には「北窓開く」の季語がある。

俳句の冬の季語は、江戸時代に増えている。ご存じのとおり季語は和歌の題に詠まれてきたものを中心に発展してきたが、冬の季語については、江戸時代から詠まれるようになったものが多い。さきほど紹介した「目貼」、目貼りして防ぎたい「隙間風」もその例だ。「湯婆《たんぽ》」「炬燵《こたつ》」「風邪」など身近なものが、冬の歳時記には並んでいる。「湯婆」は「湯たんぽ」ともいう。

平安時代の貴族も隙間風や風邪に悩まされただろう。それらは雅に遠く、進んで歌に詠みたいものではなかったと想像する。江戸の庶民は暮らしの中のそうしたものごとにも、季節の趣を見出した。たしかに寒さで困ったり、寒さを乗り切る工夫をしたりするのは、冬ならではだ。

例えば「炬燵」を詠んだ俳句がある。

縫ものをたたみてあたる火燵哉《かな》

落梧《らくご》

「たたみて」は縫い物がすんでたたんだのだろう。作業を終えてほっとして、これで炬燵にあたれる、という場面だ。針を持っていた手も指先まで、炬燵布団に入れて温める。

この幸福感は冬ならではで、縫い物をしない人も共感できるだろう。

炬燵にいちど入ると、なかなか出られない。江戸時代まで溯らなくても、漫画『サザエさん』に描かれている昭和の家も、冬は充分寒かった。『サザエさん』の家族も、炬燵に指先までしまい綿入れのような物を着て、背中を寒そうに丸めていた。勝手口の方で声がしてもすぐには立たず、家族の誰かが出てくれるのを、お互いに待っているのだった。

洗濯機もの言ひ止まる寒夜《かんや》かな　岸本葉子

季語は「寒夜」。冒頭で「寒」にちなむ季語をいろいろ紹介したが、「寒夜」は「寒の内」の夜に限らない。季語につく「寒」は、時候の「寒」と、寒いという意味の「寒」とがあり、「寒夜」は後者である。すなわち、一月五日頃を待たなくても、この季語を使える……と書くと複雑そうだが、どちらの「寒」かは歳時記を見れば季語の説明に書いてあり、覚える必要はないので、安心されたい。

夜干しはよくないといわれるが、洗濯を昼間にできず、夜に回すことがある。最近の電化製品はしゃべる物が多い。炊飯器は「ご飯が炊けました」、ファンヒーターは「換気をして下さい」。買い替えて初めて使ったときは、驚いて周囲を見回してしまう。

この句の洗濯機も同様だ。「脱水が終了しました」。静かな夜は、音がよく響く。人の声に似せていながらどこか金属的で、よけい寒々しくもある。

かすかな反発をおぼえることもある。聞こえているけどすぐに行けない、または行きたくないとき、こちらの状況とは無関係に早く取り出せと催促されているようで。人間への機械の指示に、ささやかな抵抗をしたくなる。

洗濯機のあるところは、家の中でも寒い。浴室に続く脱衣所や洗面所に置くことが多いだろう。北側にあり火の気もなく、寒い。

暖かい部屋から寒いところへ急に出るのは、危険といわれる。寒いところから急に熱いお風呂に入るのも同様だ。

温度差により血圧が上下し、体に影響を及ぼす。いわゆるヒートショックである。ヒートショックが原因と推定される年間の死亡者数は、交通事故の死亡者数より多いそうだ。家の中の温度差をなるべくなくすのは、健康長寿がめざされる今ふうの「冬構」といえるだろう。

私が自宅を改装したのも、老後に備えて冬の寒さをなんとかしたいという思いからだった。『サザエさん』的な木造一戸建てでなく鉄筋コンクリートのマンションであり、隙間風こそ入らないものの、下からの冷えが強かった。

改装や改築となるとおおごとだが、すぐにもできる温度差の改善法はある。例えば風呂に湯を張るとき、あえてシャワーから出して溜める。高いところから出すため、湯気と暖かさが広がる。湯を張った後蓋を閉めずに、湯気を立たせても同様の効果が得られる。どちらも湯は冷めやすくなるため、そのぶん熱めの湯を出す。

浴室の床にもシャワーをかける。改装前の私の家の風呂はタイル張りで、冬は足の裏をつけると身の縮むほど冷たく、爪立って歩くほどだったが、前もってシャワーをかけておくと、少しは暖かくなった。湯が無駄になるのは気になったが「こんなことで心臓発作でも起こしたらたいへん。背に腹は代えられない」と考えた。

脱衣所も暖めておく。こちらは湯ではなく暖房器具で。私は風呂に入る少し前から、居間のファンヒーターを廊下へ運び、脱衣所へ向けて風を送った。風呂に入るとファンヒーターへ目が届かなくなるので、入る直前に消していた。

トイレも家の中の寒い場所だ。暖房付きの便座であるなら、蓋を開けておくと、寒さが少しは和らぐ。便座から熱が逃げて電気代がもったいなくはあるが、湯のガス代、水道代と同じく「安全のため」と割り切るほかない。トイレのスペースにゆとりがあるなら、パネルヒーターを置くのも手だ。炎が出ず、換気も要らない。

ただしコードには気をつけたい。暖房器具を使う冬は、電気のコード、ガスコードが家の中を這《は》う季節である。つまずく危険がそれだけ増す。高い段差は目につくので、そのつもりで足を上げるが、コードのような低い出っ張りは、かえってつまずきやすい。家の中の動線を考え、コードがなるべく動線を横切らないようにする。遠回りでも壁際を這わせる。横切るならば、床から浮かないようにする。

コードにかぶせるカバーもあるが、高齢の父と住んでいたときは、カバーにも足を引っかけそうになり、粘着テープでコードを床に張りつけた。見た目はよくないが、これも「安全のため」と割り切っていた。

冬の家の中の危険をいろいろ書いたが、もともと巣ごもり傾向のある私は、冬籠は好き

である。「北窓塞ぐ」の季語も、歳時記の説明には「陰鬱さがある」とあるが、外界から軽く隔てられ守られているような安けさを感じる。

次の句は、台東区竜泉にある一葉記念館を訪ねて詠んだ。かつて下谷龍泉寺町と呼ばれていた地で、明治時代の小説家、樋口一葉はいっときその地に住んでいた。下谷は昔の地区名で、昭和の戦後に浅草区と合併し、台東区となったものである。

記念館には一葉の住んだ家がジオラマで再現されていた。瓦葺《ぶ》きの平屋で、六畳の店の奥は五畳間、三畳間。母と妹の三人で荒物屋兼駄菓子屋を営み、暮らしていたという。

雪が降ればひしゃげてしまいそうなその家に「冬囲」がしてあったかどうかはわからない。たまたま記念館を訪ねたのが十一月だったこと、そして女三人がそこを拠点に、自分たちだけで生活を立てていこうとしていたことから、この季語を配したくなった。

下谷なる女所帯の冬囲

岸本葉子

一葉がそこで商いをしていたのはわずか十か月だが、女三人が力を合わせて暮らしを守った、つましくとも充実した日々があったと思いたい。店をたたみ転居した後、二十四歳の若さで死去するまで、下谷龍泉寺町を舞台とする代表作『たけくらべ』をはじめ多くの作品を生み出した十四か月は「奇跡の十四か月」と語り継がれている。

小《こ》春《はる》

初冬

「小春日和」はよく聞く言葉で、「春」と付いても春ではないことも知られている。「小春」は旧暦十月の異称だ。新暦では十月下旬から十二月上旬で、おおまかに十一月ととらえられる。「小春日和」は立冬を過ぎてから、春のように暖かく晴れた日のことで「小春日」ともいう。いずれも冬の季語になっている。

「小春空」「小春風」といった季語もある。穏やかで明るい空が、目に浮かぶ。

例えばこんな句が「小春」の気分をよく伝えている。

古《ふる》家《いえ》のゆがみを直す小春かな　　蕪村

住み古した家のあちらこちらに、歪みが出ているのだろう。戸の閉まりが悪くなっていたり、床板が浮いていて踏むと軋《きし》んで沈むところがあったりする。軽く叩いて調整する木槌《きづち》の音が聞こえるようだ。トントン、トントンと「小春」の明るさとよく合う響きである。のどかさもある。

「冬構」のひとつといえる。隙間風の元になる歪みを、寒さが厳しくなる前に塞いでおくのだ。

同じことをいうのでも「古家のゆがみを直す冬構」としてはつまらない。「冬構」の作業内容の説明になってしまう。「小春」の言葉があるから、のどかな音が聞こえてくる。音が響いている空の明るさもだ。

晴れて暖かいと「今日のうちに作業しておくかな」という気が起きる。つましくも健やかな暮らしぶりが伝わってくる。冬に立ち向かう険しさ、古い家を自分で直して寒さに耐えるしかない貧しさといった悲愴感は、そこにはない。

餌《えさ》殻《がら》をたんねんに吹く小春かな

岸本葉子

「たんねんに」は丁寧に。鳥籠の掃除である。

幼い頃隣の家の夫婦がセキセイインコを飼っていた。鳥籠には、小さな器に餌を入れてあった。黄色の粒でたぶん粟《あわ》だろう。晴れた日に縁側で、鳥籠から餌の器を取り出し、庭へ向かって息を吹きかけていた。食べ終わって空になった粒は軽いので飛んでいく。実の入った粒まで飛ばさないよう、慎重に吹いていた。

当たり前のように見ていた光景だが、今考えると鳥への優しさが溢れていた。鳥はすっかり慣れていて、夫婦が大きな手を籠に突っ込んでも少しも驚かず、逃げようともしなかった。

夫婦に子どもはいなかったが、セキセイインコのはばたきやさえずりで、家の中は常に賑やかで、和やかだった。寝るときは鳥が安眠できるよう、黒いカバーを籠にかけていた。

鳥籠の掃除は年中するものだが、小春の陽ざしに出会うことに懐かしく思い出される。

冬に入ってからの陽ざしは恵みと感じられる。洗濯物を干したり、布団を干したりする貴重な機会。「日光消毒」と親の世代はよく言った。紫外線には殺菌効果があるという。ただ、あまり遅くまで干しておくと湿ってくる。

洗濯物は夏より乾くのに時間がかかり長く干してしまいがちだ。ときどき触って乾き具合を確かめては「あとひと息」と待つうちに、かえってしっとりしてしまった経験はないだろうか。私は午後三時頃になったら「あとひと息」の惜しいところでも取り込んで、最後の仕上げを乾燥機でする。

雪の多い地方では、晴れても湿度が高いことだろう。陽ざしがあっても湿度が高いと、外干しには適さない。室内で干したり乾燥機を使ったり。状況に応じて選びたい。

陽ざしといえば、「日向ぼこ」も冬の季語である。日向ぼっこのことで、日向ぼこりともいう。俳句を始める前、日向ぼっこは春のものと思っていた。少し考えると、うなずける。冬だからこそ陽ざしの温もりは、ありがたく貴重だ。外へ出ないでも、家の中にいて窓からの陽ざしにあたっているだけで幸福感がある。

「小春」は恩寵《おんちょう》のようなものを含んでいる。

雑音に耳遊ばせて日向ぼこ　竹下しづの女

「雑音」は生活音や人の声だろう。「日向ぼこ」をしている場所は家の縁側を想像する。縁側に座っている耳に届いてくる、配達の車やスクーターの音、庭仕事や大工仕事の音、まさしく「古家のゆがみを直す」槌音。ご近所さんの立ち話、子どもが掛け算九九を暗唱している声、鳥のさえずりやはばたきも聞こえているだろうか。

「遊ばせて」という言葉が多くを語る。うるさいと思わず、心地よく聞いている。人々が周りにいて、いつもと同じ暮らしがたしかに営まれている。その安心感に包まれて、うとうとと眠りに落ちていきそうだ。

縁側の日向ぼっこというと、想像するのはお年寄り。座布団にくつろいで新聞を読んだり繕い物をしたりするうち、うつらうつら。今は縁側のある家すら少なくなったが、老境のひとつの理想といえるかもしれない。

風《か》邪《ぜ》

三冬

庶民も親しんだ俳句では、雅でないものが季語に加わった、冬の季語に特に多いと、さきに述べた。「風邪」はその代表といえるだろう。「嚔《くさめ》」「咳《せき》（「しわぶき」とも読む）」や「水《みず》洟《ばな》」まで季語になっている。

水《みず》鼻《ばな》を吹き切つて行《ゆく》吹雪かな

李《り》由《ゆう》

これはもう本人の身になれば情けないというほかない状況である。傘をさして、昔ならば笠をかぶっていたとしても役に立たないほど、容赦なく顔面を打ち、鼻水が垂れるそばから吹きちぎってゆくほど、横なぐりの雪と風なのだ。

こんな身も蓋もない内容でも俳句になるのは、定型と切れ字「かな」の力だろう。「か

な」は句末に置いて、全体の据わりをよくする。

歳時記は律儀といおうか、「水洟」という誰もが知っているものでも「水のようにしたたる薄い鼻汁」と季語の説明をし「冬は風邪を引いていなくても、冷たい空気にさらされて水洟が出る」と付記している。

くしゃみの古風な言い方である「嚔」の説明は「鼻の粘膜が寒気に刺激されて出る生理現象」。身近な現象のあれこれを「あれも季語になっているのだろうか」「どのように説明されているのだろう」と歳時記を覗いてみるのも楽しそうだ。

嚔して酒のあらかたこぼれたる　岸本葉子

寒気がして、酒で暖まろうとした。なみなみと注いだ器を手にした瞬間に、折悪しく「ハークション！」。盛大なくしゃみが出て、器を持つ手もはね上がり、酒は大部分こぼれてしまった。情けないことでは、前の句に劣らない。風邪も引きかけているようだし、踏んだり蹴ったりである。

これも想像で作った句。私は酒が飲めない。

ある人はユーモラスと評し、ある人はニヒリズムと言った。どちらもあり得るが、私が酒飲みで風邪の引きかけで、その上暖をあまりとれない部屋にひとりでいて、自分のくしゃみの余韻だけが残る中、あらかたこぼれて畳にしみていく酒を見たら、おのれの境涯について寒々しい思いになりそうだ。笑ってくれる人がいることを想像するかどうかで、句の鑑賞は変わってくる。

風邪を防ぐには「三つの首」を冷やさないことといわれる。首、手首、足首。寒さが体へ忍び込みやすいところだそうだ。風邪は万病の元。八十代後半の父が風邪で寝ついたとき、一週間ほどのことなのに立ち方、歩き方を忘れたようになり、リハビリに多くの日数を費やした。高齢者に限らずとも、一日寝つくと筋肉は、加齢により減少する一年分の量が落ちるといった数字が、調べると出てくる。

介護中は、父に風邪をうつさないよう、家に風邪を持ち込まないようかなり用心していた。外から帰ったら手を洗うことはそのときに習慣づき、後の新型コロナウイルスの感染対策はスムーズだった。

家にいても寒いと感じたら、首に何か巻いたり襟の立った服に着替えたりを、こまめにしている。

家の中の湿度を保つことも予防のひとつ。乾燥すると風邪のウイルスが活発になる。外は雪やみぞれでも、家の中は暖房で乾燥しがちだ。瞬きが多くなり、喉がいがらっぽくなってくる。

咳《しわぶき》て人形焼の店の奥　岸本葉子

「咳をして」ということの、これも古風な言い方だ。

人形焼きを売る店の奥から、咳が聞こえた。それだけの句である。硝子のはまった木の引き戸で、陳列棚の後ろの椅子には座布団が敷いてあるような店を想像したなら、それは「人形焼」によるものだろう。

「咳て」もいろいろに想像していただいていい。店番をしているのは少し偏屈な主で、エヘンとひとつ放ったとも。店の奥が住まいで、家族の誰かが咳をしたとも。

店番の椅子のそばにあるストーブには、やかんがかかっているだろう。乾燥を和らげるためストーブにやかんを載せて湯気を立てることは、昔よくした。今は加湿器を使う家が多いだろうか。

こんな方法でも湿度は上げられる。タオルを濡らし、しずくが垂れないほどに絞って、タオル掛けに掛ける。父の風邪のときケアマネージャーに教わって寝室に置いた。夜遅く濡らしたタオルも、朝には水分が蒸発しきって板のようになっていて「こんなにも乾燥するのか」と驚いたものだ。

風邪を引きそうに感じるときは、湯たんぽも頼りになる。使っているのは、小さめの枕大の四角いポリエチレンバッグにジェルの入った物で、電子レンジで温める。腰や背中にあてると、体に暖かさが広がっていく。

寝る少し前に温め、布団に入れておくこともある。冷たい布団に身を滑り込ませるのと比べて、寝つきは格段によくなる。

湯たんぽに足届かせて寝《い》ねにけり

篠原温亭

季語は「湯たんぽ」。布団の中で足を伸ばし湯たんぽにふれると、暖かさに人心地がつき眠りに入っていく。

火を使わないため安全で経済的でもある湯たんぽは、今も人気でいろいろな品が売られている。昔ながらの金属製、ゴム製、ポリエチレン製。これらお湯を入れて使うものの他、先述の電子レンジで温める物も。寝るときは低温やけどへの注意が必要だ。やけどを防ぐカバーも販売されている。

髪を乾かすドライヤーで布団を温める方法もある。敷き布団に温風を吹きつけたら、掛布団で素早く蓋を。湯たんぽと違って暖かさが持続しないため、すぐ布団に入れるときに。

「眠りは何よりの薬」といわれる。冬はまだまだ続く。風邪を引きかけでとどめるにも治りを早くするにも、休息と保温につとめよう。

葛《くず》湯《ゆ》

三冬

カタカナの季語がときどきある。時代が下って加わった季語だから身近な物が多い一方、字を見てすぐにはイメージしにくい物も。「ホットドリンクス」もそのひとつ。歳時記の説明によれば、寒い季節に体を温める飲料の総称で、ホットウィスキーやホットワイン、ホットレモンが例に挙がっている。

ホットレモンなら実感がわく。私の子どもの頃だから例によって昭和四十年代、レモンの絞り汁を瓶に詰めたような「ポッカレモン」なる商品があると知り、なんて便利なのだろうと、家では買っていた。それまでは、つど果物のレモンを絞って種を取り除いていたのを、絞ってあって保存できるなんて。

冬は「ポッカレモン」と砂糖をお湯に溶いて、夏は「カルピス」を水で薄めて飲むのが楽しみだったから、「ホットドリンクス」はたしかに季節を感じさせるものだ。熱々で甘酸

っぱいホットレモンは子ども心に陶然となるおいしさだったが、試しに「ポッカレモン」の原液そのものを舐《な》めてみたら、口が曲がるほど酸っぱかった。

温かな飲み物で、字面からイメージしやすい物は「葛湯」「生姜《しょうが》湯」「熱燗《あつかん》」「鰭酒《ひれざけ》」「卵酒」など。暖房が今ほどなかった時代は、飲み物から暖をとっていた。

ホットレモンの他に家でよく作っていたのは「葛湯」である。葛粉と砂糖で作る、透明なとろみのある飲み物だ。

うすめても花の匂ひの葛湯かな　水巴《すいは》

「うすめても」は葛粉が多すぎてやや固めにできあがり、お湯を足してゆるめたのだろうか。それでも花のような香りは失われなかった。

「花」は葛の花だろうか。葛粉は葛の根から得られる澱粉《でんぷん》だ。葛の根を叩いてつぶし、布の袋に入れて水の中で何度も揉み出し、たいへんな手間がかかるという。その葛に咲く花は、ご存じ秋の七草のひとつ。甘い香りを持ち、色は赤紫だ。葛の花を思い描くと、「うすめても」は香りを詠みながら、色のことも言っているように読める。
「花」は桜も想像させる。葛粉は吉野の名産品で、吉野といえば桜の名所だ。

体を温めるだけでなく、風邪のときにもよく飲まれた。葛の根には発汗解熱の作用があるためだ。漢方薬の葛根湯は、葛の根を乾燥して粉にした物が主成分である。昔の人は生薬としての効き目も知っていたのだろう。

私が子どものとき飲んでいた葛湯は、ほんものの葛ではなかった。取るのに手間のかかる葛粉は高価なので、馬鈴薯《ばれいしょ》の澱粉で代用していた。片栗粉である。鍋を火にかけて作っていた。

粉はまず水で溶く。お湯に直に粉を入れると、ダマができる。水に溶いたときは白いが、鍋を火にかけ木べらで混ぜているうち、透明に変わる。とろみがついて、練っている感じになる。焦げつかないよう、火にかけている間じゅう手を止めずへらを動かし続ける。ふつふつと鍋肌にできる泡を、へらでつぶして均《なら》すことを繰り返し、吹き硝子のような照りが出てくる。

つやつやと木べらの先の葛湯かな

岸本葉子

「つやつや」から透明感と照りが伝わるだろうか。木べらで混ぜるそばから変わっていくようすを「先」という言葉に託した。

鍋を使わないで作る方法もある。湯呑みに少しの水で粉を溶き、熱湯を注ぎ入れる。粉は少なめがよい。多いと熱湯の熱が通りきらず、白っぽいままだったり味に粉っぽさが残ったりする。

熱の通りが足りなかったら電子レンジで補うこともできるが、吹きこぼれやすいので、見ながら温めなければならない。

市販の葛湯のもとは、湯を注ぐだけで溶けるよう加工されている。簡易なため私もときどき飲むが、とろみは少なく、照りは鍋で練るにまさるものではない。

馬鈴薯澱粉には葛粉の持つ薬効はないものの、滋養と体を温める効果はある。生姜を入れると温まる効果が増す。砂糖を黒砂糖に代えてもいい。

寒いとせっかく作った温かな飲み物もすぐ冷めてしまうが、とろみがあると熱を保てる。やけどをするからよく吹いて飲むよう、親に毎回言われたものだ。

近所に住むお年寄りの夫婦は、冬によく「卵酒」を飲んでいた。これも風邪の民間療法として伝わる物で、滋養もつく。私の家で作らなかったのは、酒を飲める人がいなかったからだろうか。

作り方はいろいろあるようだ。酒に卵と砂糖を加えて火にかけアルコールを飛ばすと、下戸にも飲める。隣の家では、器でまず卵と砂糖を合わせ、温めたお酒を少しずつ注いで混ぜていた。

沫《あわ》を消す内儀《ないぎ》老いたり玉子酒　召波《しょうは》

かき混ぜて出てくる泡を「消す」。泡を丁寧につぶして、滑らかに口あたりよくしようとしている。そのようすを見ている作者。

「内儀」は人の妻を敬っていう言葉だ。知り合いの家で卵酒を作ってもらったのか。なじみの店だろうか。この人も年をとったと、泡をつぶしているようすに思う。手元がおぼつかなかったり、背中が曲がっていたりするのかもしれない。

今より若かった頃を知っているからには、長い付き合いなのだ。内儀だけでなく作者もまた年をとった。歳月を共にしてきた感慨、卵酒を作ってくれる間柄でずっといられたことへの安らぎ、相手への労りがじんわりと伝わってくる温かい句である。

飲み物に限らず食べ物でも、字面から湯気の立ってきそうな季語が冬の歳時記には並んでいる。「おでん」「粕汁《かすじる》」「寄鍋」「風呂吹」など。

それらの多くに使われる「大根」に次はフォーカスしてみよう。

大《だい》根《こん》

三冬

「大根」そのものは植物の季語だ。それと別に生活の季語に「大根」のつくものが多くある。例えば「大《だい》根《こ》引く」「大根抜く」。大根の収穫をいう。「だいこん」とも読むが、五七五の音数にはまりやすい「だいこ」と読むことが、俳句では多い。

大根引き大根で道を教へけり　一茶

旅先だろうか、知らない地を歩いていて畑の人に道を尋ねたら、口で答える代わりに、手にした大根で方角を指した。

無愛想ながら親切と、作者は感じただろう。収穫で忙しい中、振り向いて応じてくれた。持ち上げた大根には泥がついているだろう。

見事に育っていることに、作者の目は止まったに違いない。真っ直ぐに伸びていなけれ

ば、正しく指せない。収穫の時期ならではの光景だ。

　一句に大根が二回出てくる。俳句では、言わなくてもわかることはなるべく言わないのが原則だが、この句ではわざわざ二回言っているのが、大根の重量感や畑の人の武骨な感じを表し、効果を挙げている。

　畑から引き抜いた大根は、洗って泥を落とす。川や用水堀や井戸端で、藁束子《たわし》でこする。私は旅先の川べりで行き合った。水に半分浸かった大根が、みるみる白くなる。朝早く、川の水は冷たそうだった。ゴム手袋の下に、作業用の綿の手袋を重ねて着けているそうだ。共同売店へ持っていくという。収穫の多い家では、機械で洗っているとのことだった。「大根洗ふ」も季語である。

　「大根干す」という季語もある。軒先につららのように縦に下がっていたり、すだれのように横にして結び連ねてあったりする。新米の項で、刈りとった稲の干し方は地方によってさまざまと述べた。大根の干し方もさまざまだ。稲を干すように、段をなす棒にかけてあるのも見かけた。

　稲を干すのが秋の収穫を代表する光景なら、大根を干すのは冬の初めの収穫の代表的な光景といえるだろう。「大根干す」「懸大根《かけだいこん》」もまた季語になっている。

子を負うて大根干し居る女かな　正岡子規

家族総出で干すのである。小さな子の世話のある女性も例外ではない。白くてまだ張りのある大根がいっせいにかけられるさまは、眩しいばかりだろう。

干して終わりではない。その先には漬け物にする作業が待っている。十日ほど干してしんなりした大根を漬け物にする。ひと冬の間の保存食であり、量は多い。

「畑に置いておくと霜げてしまう」。私の家の近くへ野菜の移動販売に来る人は言った。霜げるという言葉を、私は初めて聞いた。寒さや霜で野菜が傷むことだそうだ。霜げる前に干すので、大わらわだという。

「大根漬ける」も「大根汁」「煮大根」も季語である。畑で抜いて洗って干して、漬け物に、汁に、煮物にして。ひとつひとつが季語になっているのは、大根がいかに身近で、関わりの深い作物かの表れだ。

大根がこれほど食生活に浸透しているのは、多様な使い方ができるからだろう。前項の「おでん」「風呂吹」を含めここまで紹介してきた季語の他、生でも食べる。なますにしたり、おろしたり。天ぷらや揚げ出し豆腐など油の多い物に、大根おろしが添えてあるのは、理にかなっている。生の大根は消化を助けるそうだ。おろすのは食べる直前にする。消化を助けるはたらきは、おろしたてがよりよい。

私は大根の糠漬けと煮物が、冬の常備菜である。とりあえず水で煮ておくと便利だ。昆布くらいは入れたくなるところだが、水だけで煮ると料理人に聞き半信半疑で試すと、驚きの滋味だった。水煮さえしておけば、味噌をつけて食べてもよいし、おでんに入れれば味がしみるし、カレーに入れても合い、ステーキにもできる。フライパンに油を引き大根に焼き目をつけて、醤油とみりんか黒砂糖など甘辛のたれをからめると、食べ応えあるひと品になる。煮たときの水は捨てずに、温めて飲む。

葉が付いていれば、葉も食べられる。少々硬いので、漬けたり、火を通したりする。火を通すとは、刻んで味噌汁に入れたり、ゆでてちりめんじゃこや削り節と和えたり、炒めたりだ。藁まで使う米同様、捨てるところのない作物である。

冬を通して食べ続ける大根だが、時期の限られた品種もある。三浦大根で正月前後のわずかな間しか出回らない。蕪《かぶ》に似たきめこまかさで柔らかいが、煮くずれしにくい。一本一本が大きく約三キログラム。八キログラムになる物もあるそうだ。青首大根は標準的な大きさで一・一キロから一・四キロというから、重さのほどが知れる。重さに加え形が、上がすぼまり、土の下に埋まっている方がふくらんでいることもあって、引き抜くのがたいへんだ。古くから作ってきた神奈川県の三浦半島でも、生産量は少なくなり今では九九パーセントが青首大根ということだ。

家の近くに来る野菜の移動販売には、十二月から三浦大根が加わる。大根を買って帰るときの私である。

大根の葉のゆさゆさと腕の中

岸本葉子

丈夫にできているはずのエコバッグでも、入れると重さで紐《ひも》がちぎれそうで、提げずに腕に抱えて運んでいく。葉も食べるから、抱えて守りたい思いもある。「ゆさゆさ」に大根

の重量感や、葉の豊かさ、歩くにつれ揺れるようすを託した。

移動販売には正月が明けてからもときどき三浦大根が出ることがあり、そのたびに私は

「この冬はこれが最後かもしれない」と思って買い、惜しみ惜しみ食べるが、鬆《す》が入ることが多くなる。きめこまかでしっとりしていた身質に隙間ができたように筋張ってくるのだ。

鬆の入る原因は収穫の遅れや、葉を付けたまま保存していたことと聞く。旬はもう過ぎたのだ。寒さは続いていても季節は進んでいることを、そんなところにも感じる。

薬喰《くすりぐい》

三冬

風呂吹や大根汁といった淡白な物だけで、昔の人が体を温めていたわけではない。冬に滋養をとるため肉を食べることを「薬喰」といった。

時代劇を見ていると明治になって牛鍋屋が登場し、日本人が肉を食べるようになったのは近代からのような印象を持つが、狩猟は古くより行われていた。捕まえた狸《たぬき》を狸汁にしようとした民話を思い出す人も多いだろう。獣の肉は、寒さに耐える体力をつける上で貴重なたんぱく源だった。

表向きは肉食は忌まれていたので、鹿は「紅葉《もみじ》」、猪《いのしし》は「牡丹《ぼたん》」や「山鯨」と呼び変えられた。兎は一羽、二羽と数え、鳥であることにしてしまった。猟に適した山間部のみならず江戸の町にも商う店があったから、地元での消費の範囲を超えて流通していたようだ。町で提供する店は「山くじら」という字や牡丹の絵の行燈《あんどん》を出して、道行く人に知らせた。

脂の多い乾鮭《からざけ》も「薬喰」にした。体の邪気を払い血行をよくするといわれたそうだ。

「薬喰」は冬の季語。肉や魚に限らず滋養になる物を、寒中にとることもいう。

「牡丹鍋」「山鯨」「紅葉鍋」「乾鮭」も冬の季語となっている。

行く人を皿でまねくや薬喰　一茶

「行く人」とは、店の前を行く人を中から手招きしたのか。「いいところへ来た、ひとつ、いっしょに」などと声をかけて。当時の風俗絵を見ると、店は道に面した戸を立てていない。家で鍋をするにしても、匂いがこもらないよう開けていそうだ。

鍋は飛び入りの人が来ても分けられるから、誘いやすい。「皿でまねく」という不行儀なしぐさは、遠慮のない間柄を思わせる。ふだん口にしない物を食べるにあたり、自分を勢いづけているのかもしれない。

高揚感と少しの不安。「味の加減はこれでいいのか。煮えているのか。食べて大丈夫か」。ひとりでは心もとなく仲間がほしくなりそうだ。

若いかせいぜい中年の人のようすを想像する。
次の句になると「薬喰」も年季が入ってくる。

聟《むこ》とりて夫婦《めおと》老いけり薬ぐひ　蓼太

聟をとったということは夫婦には娘がいる。息子がいないなら、聟が来ないうちは後継ぎの問題も心のどこかに常にあっただろう。ようやっと解決して、気がつけば自分たちも年をとったと感じる。温かな湯気が疲れを癒やす。肩の荷を下ろした安堵も交じっていそうだ。

聟を含めた家族のみなで鍋を囲んでいるのではなく、老夫婦だけの薬喰だと想像する。二人で向き合い、鍋をつつく。

聟の決まるまでには、さまざまな事情や騒動があったかもしれない。落ち着いた今は蒸し返すべきではないことごと。娘夫婦とは分け合えない、親としての思いや感慨を共にしている。

食べているのが「湯豆腐」ではなく肉であるのが、面白いし頼もしい。親としての仕事を終えて、ほっと力が抜けてしまうのではない。体力をつけて第二の人生、夫婦二人の人生を歩もうとしているようだ。

肉を食するのが特別なことでなくなった今も、猟で得た獣の肉を食べる機会は少ない。いわゆるジビエである。

「牡丹鍋」は食べたことがある。俳句の仲間と泊まった山の中の宿で鍋を囲んだ。猪の肉は薄切りにして、まさしく牡丹の花びらのように皿に盛りつけてあった。豚肉より赤く、花びらのふちにあたるところは白い脂身だった。

猪肉の他、白菜、葱《ねぎ》、牛蒡《ごぼう》、焼き豆腐を入れる。汁は味噌仕立て。やわらかく煮えた野菜に猪の脂がしみて、とろけるようだ。脂は汁に浮いて、鍋が進むにつれて表面に広がる。

電球の映る脂やぼたん鍋

岸本葉子

白い脂は火が通ると透明になり電球の光を映して、いかにも体が温まりそうだった。宿の簡素な丸い電球だ。窓の外ではどんどん夜が更けて、山の影が黒い屏風《びょうぶ》のように空を覆っていた。

ふだんは脂こい物をあまりとらない。気がつけば調理に油を使わなかった日も多い。若いときと食べ物の好みが変わってきた。脂の浮く豚骨拉麺《とんこつラーメン》より、今は蕎麦《そば》だ。

高齢者はたんぱく質が不足しがちになるといわれる。年とともに食が細くなる。調理が面倒にもなる。手間がかからず食べやすいご飯、パン、麺類といった炭水化物に偏りがちだ。

一日の食事を振り返ってたんぱく質が少ないように感じたら補っている。納豆、イワシやサバの缶詰めは、調理要らずで便利だ。缶詰めを前は買う習慣がなかったが、たんぱく質不足になりやすいと知って、取り入れるようにした。三食とっているのに低栄養という「新型栄養失調」が増えており、厚生労働省によれば七十歳以上の五人に一人が該当するそうだ。

調理をするなら鍋が、少ない手間でたんぱく質をとれる。肉や魚、野菜を別々に調理しなくてすみ、おかずと汁を兼ねられる。肉や魚は加熱するとパサつきがちだが、鍋にすると水分を含んで食べやすい。食べた後の洗い物も少ない。

筋肉の元として知られるたんぱく質は、免疫力にも関わるという。何もしないと筋肉が減る一方だし、風邪もなるべく引きたくない私は、冬は日々「薬喰」のつもりで過ごしている。

煤《すす》掃《はき》

仲冬

年が押し詰まってくると正月を迎える支度が気になる。支度のひとつが大掃除だ。俳句の季語では「煤掃」。「煤払《すすはらい》」ともいう。ガスや電気がなく、蠟燭《ろうそく》や炭、薪を燃やす生活では、家じゅうに煤が溜まる。

今は煤払といえば、神社やお寺で長い笹竹であちらこちらを拭っているのを、ニュースで目にするばかりだ。十二月十三日と、家庭での大掃除よりはずいぶん早い。

江戸城でも十二月十三日が煤掃の日。この日が正月支度の始めとされた。江戸城での風習が、しだいに庶民へ広がったそうだ。その日は早朝から一家総出で、家じゅうの煤を掃き落とす。大店《おおだな》では、手拭いを被り尻端《しりはしょ》折りをした助っ人が駆けつけ、襖《ふすま》や板戸、畳まで外して表へ出し、たいへん大がかりだったようだ。煤掃が終わると胴上げをしたりご祝儀酒がふるまわれたり、賑やかだった。

その日が近づくと、江戸の町には笹竹を売り歩く声が響いたという。

煤をはく音迫りきぬ市の中　太祇

「煤掃」の季語を「煤をはく」の形で詠み込んでいる。「迫りきぬ」は、迫ってきたということ。「市」は店の立ち並ぶところだ。

市を歩いていると大掃除の音が近づいてきた。店々がいっせいに掃く音が、往来まで聞こえてくるのだろう。勢いある音で一年の汚れを清めている。忙しさの中に清々しさが感じられる。

ただ十二月十三日では年内がまだ半月以上あるわけで、せっかく大掃除しても正月までにまた塵《ちり》や埃《ほこり》が溜まりそうだ。そう思うのは昔の人も同じらしく、行事として神棚だけをこの日に清め、残りはもっと後に行うことがあったという。

今は年末に行うのが一般的だろう。

現実的にはこの時期は必ずしも掃除に適さない。窓を開け放つと寒いし、拭き掃除に使う水も冷たい。換気扇やレンジ回りなどの油を含む汚れは固くなっている。加えて今はクリスマスを祝う家も多い。クリスマスが終わってすぐ正月支度と忙しさの続くところへ大掃除も加わるのは、かなりの負担だ。年末にまとめず、少しずつ分けて掃除をするのが体には楽である。

例えばカーテンの洗濯は、秋のうちにする。一年の最後に汚れを落としすっきりしたいのはヤマヤマだが、冬至の頃はもっとも日が短い。少しでも日が長いうちの方がよく乾く。冬は雪で外に干せない地方もあるだろう。

理想をいえば、年に一度まとめてよりも、日頃から小さな掃除をまめにする。大掃除ならぬ「小掃除」だ。風呂場を例にとると、夏の「五月雨」の項で紹介したとおり、出るときに体を拭いたタオルで床の水気をさっと拭く。黴が生えてからブラシでこするより力要らずだ。レンジ回りの油汚れもそのつど拭く方が簡単に落ちる。わかっていてもなかなかできない類のことではあるけれど、私はこの二つに関しては、一連の動作に組み入れルーティン化した。

換気扇の羽根は、さすがにしょっちゅう掃除する気力はわかず、まとめて汚れ落としし

ている。羽根を外し、重曹をお湯に溶かした中に浸けておくと、油で固まった埃がおのずと剝がれる。羽根の入る容器がなければ、ごみ出しに使うポリ袋で代用できる。重曹とお湯の量も少なくてすむ。重曹を溶いた湯をスプレーにして吹きつける方法もある。

油汚れには重曹が効くと聞いても、前は半信半疑だった。そんな「おばあちゃんの知恵」的な方法では、昔の台所ならいざ知らず、わが家のベトベト汚れには太刀打ちできないだろうと。試してみたらよく効いて、驚いた。

手っ取り早く汚れを落とそうと、いちばん強い洗剤を始めから使いたくなるが、強い洗剤は取り扱いに注意を要する。環境負荷も気になる。基本の物から試し、取れなかったら強い物へと、順を踏もう。

大掃除は、単に汚れを落とすだけでなく、新年の歳神様のために清めるという意味合いもあるから、日頃「小掃除」をしていても、どこか一箇所スペシャルな掃除をしたくなる。私は玄関ドアの外側と、ドアを入った三和土《たたき》のタイルを拭く。面積は小さい割に、歳神様を迎えるという本義にかなった満足感を得られる箇所である。

大掃除が始まると身の置きどころに困る人も、中にはいるだろう。手伝う気はあっても役に立てず「かえってじゃま」と追い払われてしまう。

大掃除の間、別の部屋に移っておとなしくしていることをいう季語もある。「煤籠《すすごもり》」という。

老夫婦鼻つき合せ煤ごもり　鈴木花蓑《はなみの》

「鼻つき合せ」とあるから狭い部屋なのだろう。高齢の夫婦が向かい合わせで、炬燵にでも入っているのか。長年連れ添って毎日見ている顔。目新しくもなく、特に話すこともない。

退屈だし少々きゅうくつ。襖の向こうでは、箒《ほうき》やハタキの騒々しい音がしている。始めのうちは落ち着かないかもしれない。自分たちだけ休んでいていいのかとか、箪笥の上も忘れずにハタキをかけたかとかと気になって。

そのうちに悟る。狭い部屋に押し込められ退屈なのも、子や孫が大掃除を頑張ってくれ

ているから。若い人の勢いよい掃除の仕方では汚れの取り残しがあるかもしれないけれど、自分たちの出る幕ではもうないのだ。世代交代、そして悪くない老後であることを実感するだろう。孝行者の家族。正月が来たら、お屠蘇を飲む順番は自分たちがいちばん先に違いない。

大掃除の家を逃れて、外へ出かけてしまうことをいう「煤逃《すすにげ》」という季語まである。俳句を始めたときは、こんなことまで季語になっているのかと驚いた。年末に町へ買い出しに行き、書店や喫茶店にいる人をガラス越しに見ては「あの人たちも煤逃だろうか」と思った。理髪店、バッティングセンターなどの遊技施設、さまざまなところに「煤逃」の人がいそうだ。

煤逃の浜に子どもを肩車

岸本葉子

想像の句。街を離れて海辺に、煤逃の人を置いてみた。若い父親のイメージである。肩車できるくらいの小さな子のいる父親。子どもがちょろちょろしない方が大掃除がはかどるから連れ出してほしいと、お母さんから頼まれた。またはお父さんが思いついて連れ出した。喘息《ぜんそく》持ちの子だったら、埃を吸わないためもあろう。

散歩の足を海まで延ばし、肩車して遠くの水平線を見せる。いつかこの海を越え知らない世界へ出ていくことがあるのだろうかと、子どもの将来に思いをはせながら。風邪を引くといけないからそう長くはいられないけれど、何かと忙しい年の瀬に心が広々するひときだ。

大掃除の家を離れてきているけれど、役には立っている。心は家とつながっている。私の思い描く「煤逃」の理想である。

皸《あかぎれ》

晩冬

年が明けるといよいよ寒の入。この時期は手荒れに悩まされる。冬の歳時記を見ると、手荒れに関する季語がある。「胼《ひび》」「皸」。

歳時記の説明は詳しい。寒さで血行が悪くなり、皮膚が乾燥して細かい割れ目の入ることで、防寒具や入浴などである程度予防できる、薬としてワセリンやビタミンDを含む軟《なん》膏《こう》などを使うと書かれている。「胼」の進んだものが「皸」。亀裂がさらに深くなり、赤く口を開いたように見えるという。説明を読むだに痛そうだ。

な泣きそと拭《ぬぐ》へば胼や吾子《あこ》の頬　杉田久女

「な泣きそ」は泣かないで、ということ。泣いているわが子を慰めつつ涙を拭うと、頬には胼ができていた。

痛くて泣くのか、寒さで泣くのか。衣服や住まいで充分な暖のとれない環境、すなわち貧しさの中にあるのか。泣いているだけでも、母親としては身を切られるようなのに、胼に涙の塩分がしみて痛そうで、いよいよつらい。どうにもしてやれない母親のもどかしさ、胸の痛みも伝わってくる。

「な〜そ」は古い言い方だ。どうか〜しないでと相手に懇願する、穏やかな禁止。『万葉集』にも出てくる表現である。昔ふうの言い方をあえてすることで、ひとり作者にとどまらず、母が子を思う心や切なさを表し得た。

永遠の母性というと、ピエタ像を思い出す人もいるかもしれない。ピエタは憐《あわ》れみ、慰め、慈悲を意味するイタリア語という。十字架から降ろされたイエスを抱きかかえるマリアを描く聖母子像で、キリスト教芸術のモチーフのひとつになっている。そこまで想像が広がると、「この句の子はなぜ泣いているのか」「作者はこのときどういう生活状況にあったのか」といった個別の事情は考えずによくなっている。

昭和三十六年生まれの私が小学校に上がった頃は、頬に胼を作っていた子が多かった。

赤らんで固くなり、まさに瀬戸物にできる罅《ひび》のようなものが入っていた。表面は乾いて白く粉をふいたようになった。今より栄養状態がよくなく、スキンケアも発達していなかったのだろう。私もときどきできていた。風邪を引くと鼻水がしみるし、マスクのガーゼが擦れてまた痛いのだ。

ガーゼマスク、喉に湿布の包帯という姿の小学生は、今はほとんど見なくなっている。

「皸」では、これまた母の出てくる句がある。

皸や母の看護の二十年　正岡子規

いろいろに読める句だ。皸のできているのが、作者とも作者の母とも。「母の看護の二十年」も、母を看護した作者の二十年とも、看護に明け暮れた母の二十年とも。

鑑賞は、これらの組み合わせとなる。

①皸が作者×看護者も作者＝皸のできた自分の手をしみじみと見て、この手で母を二十年看護してきたのだなという感慨。

②皸が作者×看護者は母＝皸のできた自分の手を見るにつけ、看護に明け暮れた母にとっての二十年の歳月を思う。

③皸が母×看護者は作者……。

④皸が母×看護者も母……。

いずれも間違いではない。

俳句は原則、五七五に詠まれていることのみを読む。作者の個別の事情と結びつけず自由に鑑賞してよい。個別の事情と結びつけて読むのが、真実に迫る読み方のように考えるのは誤りで、句の世界を狭めてしまう。俳句に限らず文学作品全般に対しての、私の基本的な接し方だ。

けれども子規ほどに生涯の知られた作者だと、背景にまったく目を向けないのも不自然で、頑なな態度となってしまうだろう。

ご存じのとおり子規は長く病床にあり、母と妹が献身的に看護した。するとここは④、すなわち、母の皸、母の看護と読みたくなる。母のしてきた苦労、申し訳なさ、ありがたいと深く思う気持ちが「皸や」の「や」に込もる。「や」は切れ字として機能するとともに、

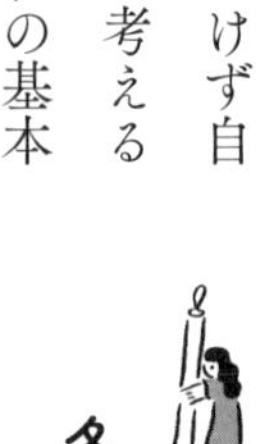

詠嘆を表す。

子規が病床についていた期間は、実際には二十年なかったが、俳句は実際のとおりでなくていい。詠みたいことがより効果的に伝わる言葉や、五七五のリズムにはまるという音数の都合により、言葉を選ぶことも多い。

母子の情を離れた、皸の句を読んでみよう。

皸の手よりお釣りの五円玉

岸本葉子

旅先で朝の市場に行くと、屋外で物を商っている。手袋をしているが、指先だけ出るように切ってある。包装紙にくるんだり代金を受け渡したりするには、その方がやりやすいのか。風の吹きつける屋外。指先は赤らみ、寒そうだ。市場には水仕事が多い。洗う物、乾かないようにしておく物がいろいろある。コンクリートの地面にはホースからずっと水が流れ、働く人はゴム長靴を履いていた。

実際には、皸までできてはいなかったけれど、手の冷たさや仕事の厳しさを、季語「皸」

は伝えてくれる。「五円玉」も実際ではないのだが、商いの小ささを表せること、五七五のリズムに合うことから、五円玉とした。

仮に実際はお札のお釣りだったとしても、ここはお札でなく硬貨でなければならない。受け取る際に手と手が触れる可能性、売る人の手の冷たさを感じる可能性のあるのは、硬貨。温度でいっても、硬貨の方が冷たくなっている。紙の熱伝導率との違いである。

皸になるほどの手荒れは少なくなった今だが、水仕事ではどうしても荒れる。洗剤が手の脂まで奪ったり、水が蒸発するとき、もともとの手の水分もいっしょに奪っていったりしがちだ。手荒れをなるべく防ぐには、洗った後水をすぐ拭く。水仕事では、できる限りゴム手袋やビニール手袋をする。

見落としがちだが、紙も手の脂を奪う。本や新聞紙の整理、紙箱をつぶして束ねる作業などをずっと続けて、気がつくと手が乾燥している。

水にふれ紙にさわることの多い私は、ワセリンやクリームをこまめに塗るが、すぐまた手を使う用ができ、塗っては洗うことの繰り返しだ。

合間合間のケアでは手荒れに追いつかなくなったら、寝ている間に「修復」する。歯みがき洗顔まですべてすませ布団に入るばかりとなったところで、ワセリンなりクリームなりを厚塗りする。パンにバターをつけるようにたっぷり載せてなじませたら、作業用手袋をはめて寝る。ごつい編み目の物ではなく、ハンドバッグを扱う店員がしている白のやわらかな綿手袋だ。

ひと晩で相当よくなる。朝起きたてはすべすべで、頬をすり寄せたいほどだ。

新型コロナウイルスの蔓延期にはアルコールでも荒れた。新型コロナウイルスが一段落してもインフルエンザやノロウイルスの感染対策で、冬はいつも以上によく手を洗う季節。いたわりながら、過ごそう。

寒《かん》稽《げい》古《こ》

晩冬

寒中水泳のようすがニュースでよく流れる。新春や成人式の行事になっているところが多いようだ。白い褌が濡れて透けて肌にはりつき、歯の根が合わずにいる姿は、見ている方も身震いする。「なにもこの時期冷たい水に浸からなくても」と思うが、一年でもっとも寒い「寒中」にあえて、ふだんより厳しい鍛錬をすることが武道や芸事では多いようだ。冬の朝歩いていたら、どこからか剣道の激しい打ち合いの声が聞こえてきたことも。

「寒稽古」は冬の季語である。

寒中に行うさまざまな鍛錬が、季語になっている。「寒弾《かんびき》」は三味線の稽古。「寒復習《かんざらい》」は音曲や謡《うたい》、舞などのおさらい。「寒ざらへ」ともいう。

「寒声《かんごえ》」という季語もある。深夜や明け方に寒風に吹かれながら発声練習をする。激しい稽古でときには喉から血が出るというから、凄みがある。

かん声《ごえ》や身をそらし行く橋の上

素丸

「身をそらし」に、力いっぱい声を張るようすが表れている。橋の上は、風を遮るものがなく寒いだろう。冷たく暗い川面を声が渡っていくだろう。冴え冴えとした冬の月が映っているかもしれない。孤独な修業が目に浮かぶ。

寒い時期に鍛えると上達するといわれるが、精神修養の意味合いもありそうだ。

声は出さないと小さくなることを、新型コロナウイルスの蔓延中に感じた。巣ごもりで人と会うことが減り、会っても「黙」が求められる。ひとり暮らしの私はまる一日声を出さない日もざら。宅配便の人に玄関ベルとともに呼ばれ、「はい」と返事しようにも喉にひっかかってしまい、留守と思って去ってしまわないか焦ることがよくあった。

声帯やその周りの筋肉は、声を出す機会が減ると衰えてくるという。加齢によっても痩せていく。食べ物が間違って肺の方へ入らないようにする筋肉でもある。介護中は誤嚥《ごえん》性肺炎にとても気をつかうが、その誤嚥に関わる。

全身にも関わる。例えば転びそうになったとき堪えて体勢を整えるのにも、声帯や周囲の筋肉が衰えると、力が入りにくくなるそうだ。

転倒による怪我はその後への影響が大きいから鍛えねばと思うが、季語の「寒声」から想像される、声を張り上げて喉を痛めるような鍛え方はためらわれる。無理のないのは、手を洗いながら歌うことだ。

冬は感染症対策として特に念入りに洗うように言われる。めやすは「ハッピー・バースデイ・トゥー・ユー」や「どんぐりころころ」を二回歌うくらいの長さと。

新型コロナウイルスのときに推奨された洗い方だが、口ずさむのではなく腹に力を入れて歌うことを、私は前に試していた。高齢の親の家へ通っていた時期で、風邪を引いて親にうつし寝たきりにつながるのをおそれ、かつ介護で踏ん張る場面が多かったためだ。真面目に歌うと疲れるし、どちらの歌も最後の高音で伸ばすところが、かすれてしまい愕然《がくぜん》とした。子どもの頃はなんてことなく歌っていたのに、と。

今後は自分の感染予防や転倒予防にこの鍛錬を、外出から帰るたび毎回……とはいかないが、なるべく習慣にしたい。

渋引きしごと喉強し寒稽古

高浜虚子

「渋」は柿渋のことで防腐剤、補強剤として用いられる。渋を引くとは紙などに渋を塗ることで、まるで柿渋をほどこしたように強い喉。寒稽古で過酷に使っても、少しも声が損なわれない。

「渋」は声の渋さも想像させる。低く円熟味のある声だ。年季の入った義太夫を思わせる。人形浄瑠璃を見ていると、人形の面はほとんど変わらないが、語り手である太夫は顔の動きが大きい。

声を出すことが少ないと、表情に関わる筋肉も衰えていくと感じる。

マスクをすると私は、顔の下半分の力が抜けている。息がしづらいと口が半開きになる。

新型コロナウイルスで長期間マスクをしていた間、顔の筋肉が弛みきり、この先マスクをしない生活に戻れるかどうか不安なほどだった。脱マスクが世の趨勢《すうせい》になると、付け焼き刃で顔の体操をした。

「あ」「い」「う」「え」「お」をひとつひとつ力いっぱいに言う。「あ」は口をまん丸に開け、目も大きく見開く。「い」なら目は見開いたまま、口をできるだけ横へ広げる。「う」は唇を閉じて前へ突き出す。「え」は横へ広げつつ上下にも力を。「お」は縦に伸ばす。「あ」を続けて五回、次に「い」と、それぞれ五回ずつ。顔がかなり疲れ、翌日軽い筋肉痛になるほどで、ふだんいかに少ししか動かさずにいるかを文字どおり「痛」感した。

マスクは俳句では冬の季語となっている。

はづしたるマスクはつかにふくらめる　岸本葉子

「はつかに」は、わずかにの意。マスクをはずすと、わずかにふくらんでいる。家に帰りマスクを外してその辺に置いたとき、ふと気づく。着ける前は平らだった。このふくらみは他ならぬ自分の顔の形、湿りは自分の息によるもの。生地に疲れが見えるとしたら、自分の疲れ。一日を共にしてきたのだ。

それだけのことだが、外した瞬間の小さな発見である。

寒い時期は、顔も体もなかなか動かさない。外へ出にくく、運動不足になりがちだ。他方、正月太りの気になる時期でもある。運動不足は免疫力の低下も招く。

家の中でも体を動かしたい。ラジオ体操は短い時間で、効率よく全身運動ができるようにできている。

ラジオ体操は音楽がほしいが「まき割り体操」なら音楽なしで、より取りかかりやすい。スクワットにまき割りの動作を加えたもの。コロナ禍が終わったときに健康でいられるよう、筑波大学のスポーツ医学の先生が紹介し、話題になったもので、私は巣ごもり期間に知り、以来ときどき思い出しては行っている。足を肩幅より広めにとり、手を前に突き出して組み、スクワットの要領で沈む。沈んだまま、まき割りをするように手を振り上げて下ろすことを五回。腿《もも》もふくらはぎも背中も筋肉をかなり使う。

風邪などで一時的に寝込むと筋肉が落ちるのは仕方ない。だからこそ落ちる前の筋肉を多くしておく。

起きられるようになったら、筋肉を再びつける。年をとってからでも増やせるのが筋肉の頼もしさ。椅子に腰掛けたまま、かかとの上げ下げから始めて、腰掛けたまま腿を上げ下げ。次いで椅子から立ったり座ったり。

寒中に滋養のある物をとる「薬喰」も引き続き行う。寒中に鶏が産む「寒卵《かんたまご》」は特に滋養が高いといわれる。生で食べるのがよいとされ、殻が砕けて入らないよう、コツコツと慎重に打ちつけながら割るのも楽しい。

じきに寒明け。春はすぐそこまで来ている。

寒卵明るき方へ透かし見る

岸本葉子

column

4 季語って、ないといけない？

いけなくはない。季語を入れない俳句はある。戦争や災害を詠んだ俳句によくみられる。

平時の俳句でも季語を入れない作り方はある。無季俳句と呼ばれている。

私が句を読むとき、無季であってもそのことをもってダメとはしない。あくまでも自分に届くか、今ふうにいえば刺さるかどうかだ。

ただ、詠むときは季語を入れる。出会ってきた俳句の多くが有季なので、入れるのが自然なのと、不真面目な喩えのようだが、ゲームはルールの中で遊ぶから面白い。十七音しか使えず、季語も入れてと、制約の多い方が工夫のしがいがあるし、苦しまぎれに思いもかけない五七五ができることもある。

季語の伝達性の高さを知ってしまったためもあろう。季語をひとつ置けば、圧縮・解凍のしくみにより、五七五にふつう載せられること以上のものを届け得る。そのしくみを用いずに届けるのは、たいへんだ。

たいへんだから挑戦のしがいがあるともいえる。「万緑」を使った最初の句を作者が発表する際、季語がないと指摘されることは、当然予想しただろう。でも作者はハンディを引き受けリスクもとって、詠みたいように詠んだ。

「していけないこと」は俳句にはない。

俳句を楽しむ用語集

さまざまな定義があるが
「まずはこうとらえれば俳句を読むのを楽しめる」
と思うところを解説する。

【季語】
その季節を表すことが約束事となっている言葉。歳時記に載っている。

【歳時記】
季語を集めた本。季語の解説と例句が載っている。

【見出し季語】
歳時記に見出しとして載っている季語。主季語ともいう。

【傍題】
見出し季語の下にまとめられている、見出し季語と関連の深い季語。言い換え季語、副季語ともいう。

【季重なり】
一句に複数の季語があること。

【本意】
約束事としての季語が持つ、共通了解のような内容。俳句に親しむ人が、その季語を見れば「こういうものだ」と思い浮かべる内容。

【景物】
その季節らしいとされる眺めや事物。

【花鳥諷《ふう》詠《えい》】

高浜虚子が唱えた俳句の理念。字面から、花や鳥など自然の事物を風流に詠うことと誤解されがちだが、自然界の現象に伴う「人事界の現象」も詠うと、虚子自身が述べている。


【十七音】

俳句は「十七字の文芸」とよくいわれるが、正しくは十七音。「ん」「っ」は一音に、「ゃ」「ゅ」「ょ」は前の音と合わせて一音に数える。


【定型】

型が決まっていること。俳句でいえば五・七・五の音数を基本にすること。


【切れ】

句の中で「間《ま》」をとるところ。「間」の前後の内容を関係づけて読もうとしなくていい（句末も、句以外の世界と切れているので切れという）。


【切れ字】

ここで切れると、わかりやすく示す言葉。「や」「かな」「けり」が代表的。「かな」は句末に用いる。


【旧仮名遣い】

ひらがなの表記の仕方のひとつ。「あわれ」を「あはれ」と書くような、古文で出てきた表記の仕方。歴史的仮名遣いともいう。


【句会】

無記名で句を提出し、よいと思う句をお互いに選び合って評する場。


【席題】

句会の場で出される題。前もって出される題は、兼題という。


【雑詠】

題が決まっていなくて、句を作ること。


【吟行】

どこかへ行ってそこで出会った事物をもとに句を作ること。

岸本 葉子（きしもと・ようこ）

1961年鎌倉市生まれ。東京大学教養学部卒業。エッセイスト。会社勤務を経て、中国北京に留学。著書に『エッセイの書き方』『捨てきらなくてもいいじゃない?』『50代からしたくなるコト、なくていいモノ』『楽しみ上手は老い上手』『50代、足していいもの、引いていいもの』（以上中公文庫）、『ふつうでない時をふつうに生きる』『モヤモヤするけどスッキリ暮らす』『60代、少しゆるめがいいみたい』（以上中央公論新社）、『ひとり老後、賢く楽しむ』『ひとり上手のがんばらない家事』（以上だいわ文庫）、『わたしの心を強くする「ひとり時間」のつくり方』（佼成出版社）、『60歳、ひとりを楽しむ準備』（講談社+α新書）、『90歳、老いてますます日々新た』（樋口恵子氏との共著、柏書房）、俳句に関する著書に『私の俳句入門』（角川ソフィア文庫）、『岸本葉子の「俳句の学び方」』（NHK出版）、初の句集『つちふる』（KADOKAWA）など多数。

本書は、NHK「ラジオ深夜便」で2021年5月から2023年3月までに放送した、「岸本葉子の暮らしと俳句」（きき手・坂田正巳氏）のために準備した内容をもとに、書き下ろしました。

毎日の暮らしが深くなる季語と俳句

2024年3月5日　初版第1刷発行

著者　岸本葉子
イラスト　鬼頭 祈
発行者　池田圭子
発行所　笠間書院
〒101-0064　東京都千代田区神田猿楽町2-2-3
電話 03-3295-1331
FAX 03-3294-0996

ISBN 978-4-305-71009-3

アートディレクション　細山田光宣
装幀・デザイン　鈴木沙季（細山田デザイン事務所）
本文組版　キャップス
印刷・製本　平河工業社